O ESTRANHO CASO DO
DOUTOR JEKYLL E DO SENHOR HYDE

Copyright © 2008 by EDITORA LANDMARK LTDA

Primeira edição: LONGMANS, GREEN & COMPANY, 5 de janeiro de 1886

Diretor editorial: Fabio Cyrino

Diagramação e Capa: Arquétipo Design+Comunicação
Impressão e acabamento: Associação Religiosa Imprensa da Fé
Tradução e notas: Fabio Cyrino
Revisão: Dalton Germano

DADOS INTERNACIONAIS DE CATALOGAÇÃO NA PUBLICAÇÃO (CIP)
(Câmara Brasileira do Livro, CBL, São Paulo, Brasil)

STEVENSON, Robert Louis Balfour (1850-1894)
O ESTRANHO CASO DO DOUTOR JEKYLL E DO SENHOR HYDE
- The Strange Case of Doctor Jekyll and Mister Hyde /
Robert Louis Balfour Stevenson; {tradução e notas Fábio Cyrino}
- - São Paulo : Editora Landmark, 2008.

Título Original: The Strange Case of Doctor Jekyll and Mister Hyde
Edição bilíngue : PORTUGUÊS / INGLÊS
ISBN 978-85-88781-41-2

1. Ficção inglesa. I. Título.

08-09310   CDD: 823

Índices para catálogo sistemático:
1. Ficção inglesa: Literatura inglesa   823

EDITORA   LANDMARK
Rua Alfredo Pujol, 285 - 12º andar - Santana
02017-010 - São Paulo - SP
Tel.: +55 (11) 2711-2566 / 2950-9095
E-mail: editora@editoralandmark.com.br

www.EDITORALANDMARK.com.br

Impresso no Brasil
Printed in Brazil
2008

ROBERT LOUIS STEVENSON

O ESTRANHO CASO DO DOUTOR JEKYLL E DO SENHOR HYDE

– EDIÇÃO BILÍNGÜE –

THE STRANGE CASE OF DOCTOR JEKYLL AND MISTER HYDE

LANDMARK

2008

Robert Louis Balfour Stevenson

(13 de novembro de 1850 – 3 de dezembro de 1894)

É triste perder os laços que Deus determinou que estivessem atados
Ainda que sejamos os filhos das campinas e do vento.
Distantes de casa, ainda que estejamos eu e você.
Distantes dos belos e floridos arbustos do país do norte.[2]

A
Katherine de Mattos[1]
To

It's ill to loose the bands that god decreed to bind;
Still we will be the children of the heather and the wind.
Far away from home, O it's still for you and me
That the broom is blowing bonnie in the north countrie.

A História da Porta

Capítulo 1

Story of the Door

dusty

Senhor Utterson - o advogado dessa história - era um homem de semblante rude, que nunca se iluminava com um sorriso. Frio, limitado e confuso no modo de se expressar; com sentimentos cheios de timidez; magro, alto, empoeirado, triste. Ainda assim, cativante. Em reuniões amistosas, e quando o vinho era de seu gosto, alguma coisa, eminentemente humana, saltava de seus olhos. Algo que, de fato, nunca era encontrado em seu discurso, mas que se percebia, não somente nesses símbolos silenciosos de um semblante, pós-jantar. Podia ser notado, freqüente e vociferantemente, nos atos de sua vida. Era austero consigo mesmo. Bebia gim, quando estava sozinho, para aplacar o gosto por bons vinhos. Muito embora, apreciador do teatro, não cruzara as portas de um por pelo menos vinte anos. Apesar disso, senhor Utterson tinha uma pré-disposição pelas outras pessoas, algumas vezes, fascinante. Quase que com um ar de inveja, na mais alta pressão dos espíritos envolvidos com os seus próprios pecados. Em qualquer emergência, inclinava-se, mais para

Mr. Utterson the lawyer was a man of a rugged counte-nance that was never lighted by a smile; cold, scanty and embarrassed in discour-se; backward in sentiment; lean, long, dusty, dreary and yet somehow lovable. At friendly meetings, and when the wine was to his taste, something eminently human beaconed from his eye; some-thing indeed which never found its way into his talk, but which spoke not only in these silent symbols of the after-dinner face, but more often and loudly in the acts of his life. He was austere with himself; drank gin when he was alone, to mortify a taste for vintages; and though he enjoyed the theater, had not crossed the doors of one for twenty years. But he had an approved tolerance for others; sometimes wonder-ing, almost with envy, at the high pressure of spirits involved in their misdeeds; and in any extremity inclined to help rather than to

misdeeds

with himself

shade

reprove. "I incline to Cain's heresy," he used to say quaintly: "I let my brother go to the devil in his own way." In this character, it was frequently his fortune to be the last reputable acquaintance and the last good influence in the lives of downgoing men. And to such as these, so long as they came about his chambers, he never marked a shade of change in his demeanour.

No doubt the feat was easy to Mr. Utterson; for he was undemons-trative at the best, and even his friendship seemed to be founded in a similar catholicity of good-nature. It is the mark of a modest man to accept his friendly circle ready - made from the hands of opportunity; and that was the lawyer's way. His friends were those of his own blood or those whom he had known the longest; his affections, like ivy, were the growth of time, they implied no aptness in the object. Hence, no doubt the bond that united him to Mr. Richard Enfield, his distant kinsman, the well-known man about town. It was a nut to crack for many, what these two could see in each other, or what subject they could find in common. It was reported by those who encoun-tered them in their Sunday walks, that they said nothing, looked singularly dull and would hail with obvious relief the appearance of a friend. For all that, the two men put the greatest store by these excursions, counted them the chief jewel of each

ajudar, do que reprovar. "Inclino-me à heresia de Caim", costumava dizer, curiosamente. "Permito que meu irmão vá para o inferno, por suas próprias pernas". Geralmente, essa característica era o que possuía de mais valioso, a derradeira relação de respeitabilidade e de boa influência, na vida dos homens de - também - boa descendência. E, assim como estes, enquanto se dirigia para seu escritório, nunca se maculou, com qualquer mancha de mudança em seu comportamento.

Sem dúvida, a façanha era fácil para senhor Utterson, pois ele era dos mais contidos que existiam; mesmo sua amizade parecia encontrar morada numa catolicidade semelhante, de bom temperamento. É a marca de um homem modesto, aceitar seu círculo de amigos, já consolidado, das mãos da oportunidade. E foi assim o que ocorreu com o advogado. Seus confrades eram aqueles que se ligavam ao seu sangue ou que lhe eram conhecidos há muito. Seu afeto, assim como a hera que cresce, aumentava com o tempo, ficando implícito que não havia disposição dele sobre o tema. Deste modo, não restavam dúvidas quanto aos laços que o unia ao Senhor Richard Enfield, parente distante, e o homem mais conhecido da cidade. Difícil de engolir, para muita gente, o que estes dois poderiam ter visto um no outro, ou o que teriam em comum. Aqueles que os encontraram, em suas caminhadas dominicais, afirmaram que nada diziam o que os faziam parecer, estranhamente, entediados, e que saudavam o surgimento de qualquer amigo com uma satisfação indisfarçável. Ainda assim, os dois homens dispensavam um grande grau de expectativa, em relação a esses passeios, considerando-os como o principal evento de cada semana. Colocando de lado todas as oportunidades de prazer, além de resistir aos chamados dos negócios, apenas para que pudessem apreciar, sem interrupção, tais excursões.

Arriscaram-se, em um dos passeios, ao tomar um caminho que os levou a uma viela de um quarteirão movimentado de Londres. A rua era pequena e, pelo que viam, bastante tranquila. Se bem que, nos dias de semana, comportava um agitado comércio. Seus moradores eram prósperos e a impressão era a de que todos competiam, para serem ainda melhores e investirem o resultado de seus lucros em faceirice. Já as fachadas das lojas se apresentavam, ao longo da rua, com ar de convite, semelhante ao das vendedoras sorridentes, postas em filas. Mesmo aos domingos, quando se escondiam os encantos mais ornamentados, e a rua permanecia, comparativamente, mais vazia, ainda assim, reluzia em contraste com sua vizinhança imunda, como um incêndio em meio à floresta, com suas persianas pintadas de há pouco e enfeites polidos de bronze. Limpeza geral e satisfação, dignas de nota, instantaneamente, capturava e agradava o olhar daqueles que nela transitavam.

Duas portas, antes de uma esquina, à esquerda de quem segue para o lado oriental da rua, estavam quebradas junto a entrada de um pátio interior. E nesse exato ponto, um certo bloco sinistro de edifícios lançava seus beirais por sobre a rua. Ele possuía dois pavimentos de altura, sem qualquer janela além de uma porta no pavimento mais baixo e uma empena cega descolorida no pavimento superior, sustentando, em cada uma dessas características, as marcas de uma

week, and not only set aside occasions of pleasure, but even resisted the calls of business, that they might enjoy them uninterrupted.

It chanced on one of these rambles that their way led them down a by-street in a busy quarter of London. The street was small and what is called quiet, but it drove a thriving trade on the week-days. The inhabitants were all doing well, it seemed and all emulously hoping to do better still, and laying out the surplus of their grains in coquetry; so that the shop fronts stood along that thoroughfare with an air of invitation, like rows of smiling sales-women. Even on Sunday, when it veiled its more florid charms and lay comparatively empty of passage, the street shone out in contrast to its dingy neighbourhood, like a fire in a forest; and with its freshly painted shutters, well-polished brasses, and general cleanliness and gaiety of note, instantly caught and pleased the eye of the passenger.

Two doors from one corner, on the left hand going east the line was broken by the entry of a court; and just at that point a certain sinister block of building thrust forward its gable on the street. It was two storeys high; showed no window, nothing but a door on the lower storey and a blind forehead of discoloured wall on the upper; and bore in every feature, the marks of prolonged and sordid negligence. The door, which was equipped with neither bell nor knocker, was blistered and distained. Tramps slouched into the recess and struck matches on the panels; children kept shop upon the steps; the schoolboy had tried his knife on the mouldings; and for close on a generation, no one had appeared to drive away these random visitors or to repair their ravages.

Mr. Enfield and the lawyer were on the other side of the by-street; but when they came abreast of the entry, the former lifted up his cane and pointed.

"Did you ever remark that door?" he asked; and when his companion had replied in the affirmative. "It is connected in my mind", added he, "with a very odd story".

"Indeed?" said Mr. Utterson, with a slight change of voice, "and what was that?"

"Well, it was this way," returned Mr. Enfield: "I was coming home from some place at the end of the world, about three o'clock of a black winter morning, and my way lay through a part of town where there was literally nothing to be seen but lamps. Street after street and all the folks asleep - street after street, all lighted up as if for a procession and all as empty as a church - till at last I got into that state of mind when a man listens and listens and begins to long for the sight of a policeman. All at once, I saw two figures: one a little man who was stumping along eastward at a good

negligência sórdida e prolongada. A porta, que não possuía campainha ou batedor, estava descascando e a pintura desbotava. Mendigos residiam em seus recessos e acendiam fósforos nos painéis da porta. As crianças faziam de seus degraus locais de venda; os estudantes espetavam seus canivetes nas cornijas e por, aproximadamente, uma geração, ninguém aparecera para afugentar esses visitantes indesejados ou reparar tal destruição.

Senhor Enfield e o advogado caminhavam pelo outro lado da viela, mas, ao se aproximarem da entrada, o primeiro ergueu sua bengala e apontou.

"Você se recorda daquela porta?", perguntou; e quando sua companhia respondeu, afirmativamente, continuou: "Recordo-me dela como sendo de uma história muito bizarra".

"Deveras?", disse Senhor Utterson, com uma leve alteração da voz, "e que história seria essa?!?"

"Bem, a história é a seguinte", retrucou Senhor Enfield: "Estava eu retornando para casa, vindo de algum lugar, próximo ao fim do mundo, aproximadamente, às três horas da madrugada, de escuro inverno, e meu caminho me conduziu para uma parte da cidade, onde nada havia para ser visto, além de algumas poucas lamparinas. Rua após rua, e com todos dormindo – rua após rua, iluminadas como para um cortejo e tão vazias quanto as igrejas – assim permaneci seguindo, até ser lançado naquele estado de espírito, aonde um homem ouvi, e espera ouvir, ansioso por algum sinal de algum policial. De repente, vislumbrei duas figuras: uma delas, um pequeno homem que caminhava, apressadamente, em um bom ritmo, para o lado oriental da rua, e a outra, uma menina com seus oito ou dez anos, que corria, quanto podia, em direção à rua transversal. Bem, meu caro, os dois se encontraram, um diante do outro, de modo absolutamente natural, próximo à esquina; E, agora, vem a parte horrível da história, pois o homem se atirou, calmamente, sobre o corpo da criança e lançou-a gritando ao chão. Não havia nada para ser ouvido, mas era terrível de se olhar. Ele não se portava como um homem; parecia, mais, uma espécie de fera amaldiçoada. Dei-lhe um berro, permanecendo firme em meu lugar, agarrei-o pelos colarinhos e levei-o para onde já havia um grupo de pessoas que se aproximou, devido ao grito da criança. O homem era completamente frio e não esboçou qualquer resistência, mas deu-me um olhar tão terrível que me fez suar, como se eu tivesse acabado de correr. As pessoas que se aproximaram eram da família da menina, além de um médico a quem foi colocada sob cuidados. Bem, a criança não estava muito mal, mais assustada do que qualquer coisa, de acordo com o cirurgião; e você poderia supor que o caso estava encerrado. Mas houve ainda uma circunstância curiosa. Imediatamente, eu adquirira um ódio detestável por esse cidadão. De igual modo, a família da criança, o que era, plenamente, natural. Mas, a postura do médico me incomodava. Este era o exemplo perfeito do boticário – seco e conciso – sem uma idade ou cor definidas, com um sotaque forte de Edimburgo e tão sensível quanto uma gaita de fole. Bem, meu caro, ele era, exatamente, como nós; por várias vezes, dirigiu o olhar para o meu prisioneiro e vi que

walk, and the other a girl of maybe eight or ten who was running as hard as she was able down a cross street. Well, sir, the two ran into one another naturally enough at the corner; and then came the horrible part of the thing; for the man trampled calmly over the child's body and left her screaming on the ground. It sounds nothing to hear, but it was hellish to see. It wasn't like a man; it was like some damned Juggernaut. I gave a few halloa, took to my heels, collared my gentleman, and brought him back to where there was already quite a group about the screaming child. He was perfectly cool and made no resistance, but gave me one look, so ugly that it brought out the sweat on me like running. The people who had turned out were the girl's own family; and pretty soon, the doctor, for whom she had been sent put in his appearance. Well, the child was not much the worse, more frightened, according to the Sawbones; and there you might have supposed would be an end to it. But there was one curious circumstance. I had taken a loathing to my gentleman at first sight. So had the child's family, which was only natural. But the doctor's case was what struck me. He was the usual cut and dry apothecary, of no particular age and colour, with a strong Edinburgh accent and about as emotional as a bagpipe. Well, sir, he was like the rest of us; every time he looked at my prisoner, I saw that Sawbones turn sick and

11

white with desire to kill him. I knew what was in his mind, just as he knew what was in mine; 'and killing being out of the question, we did the next best. We told the man we could and would make such a scandal out of this as should make his name stink from one end of London to the other. If he had any friends or any credit, we undertook that he should lose them. And all the time, as we were pitching it in red hot, we were keeping the women off him as best we could for they were as wild as harpies. I never saw a circle of such hateful faces; and there was the man in the middle, with a kind of black sneering coolness - frightened to, I could see that - but carrying it off, sir, really like Satan.

'If you choose to make capital out of this accident,' said he, 'I am naturally helpless. No gentleman but wishes to avoid a scene,' says he.

'Name your figure.'

Well, we screwed him up to a hundred pounds for the child's family; he would have clearly liked to stick out; but there was something about the lot of us that meant mischief, and at last he struck. The next thing was to get the money; and where do you think he carried us but to that place with the door? - whipped out a key, went in, and presently came back with the matter of ten pounds in gold and a cheque for the balance on Coutts's, drawn payable to bearer and signed

o cirurgião estava transtornado pelo desejo de matá-lo. Eu sabia o que se passava pelos seus pensamentos, do mesmo modo que ele sabia o que passava pelos meus. E, uma vez que, matar estava fora de consideração, fizemos o que estava ao nosso alcance. Dissemos ao homem que poderíamos e faríamos tal escândalo, a respeito disso, que seu nome seria conhecido de uma ponta à outra de Londres. Se ele tivesse amigos ou algum crédito, nós nos asseguraríamos de que ele os perderia. E, durante esse tempo, em que nos lançamos à fúria, mantínhamos as mulheres afastadas dele, da melhor forma possível, pois as mesmas estavam tão selvagens quanto harpias. Eu nunca vira um grupo de rostos tão odiáveis; e havia o homem nomeio, com um tipo de desprezo frio e sinistro – apavorado, também, e isso eu pude ver – mas ainda assim, presente, meu caro, como no próprio Satanás.

'Se desejarem aplicar a pena capital a este incidente', disse ele, 'naturalmente não terei escapatória. Não há ninguém que desejaria evitar tal cena', afirmou.

'Digam os seus nomes'.

Bem, nós o obrigamos a pagar mil libras para a família da criança; ele pareceu muito grato por poder fazer isso; mas, havia algo que foi notado por todos nós que não se encaixava ali e, por fim, se revelou. A próxima coisa a ser feita era pegar o dinheiro; e para onde você acha que ele nos levou senão para aquele local com aquela porta? – sacou um molho de chaves, entrou, e, rapidamente, retornou com o equivalente a dez libras em ouro e um cheque, ao portador, para ser descontado, no banco Coutt[3],

---

[3] O maior e mais respeitado banco da Inglaterra, no final do século XIX.

assinado com um nome que não posso declinar, apesar de ser um dos pontos de minha história, mas era um nome muito bem conhecido e que, freqüentemente, era dito na imprensa. A figura era totalmente estranha, mas sua assinatura valia mais que a imagem que lhe era associada. Tomei a liberdade de apontar, para o cavalheiro, que todo o acontecimento parecia irreal e que um homem, na vida real, não entra em um porão, às quatro horas da madrugada, e sai dali com um cheque de, aproximadamente, mil libras de outro homem. Mas, ele parecia tranqüilo e olhou-me com desprezo.

'Não se incomode com isso', disse ele, 'Ficarei com você, até a hora dos bancos abrirem e descontarei, eu mesmo, o cheque'.

Tudo acertado, o doutor, o pai da criança, nosso amigo e eu passamos o restante da noite, em meus aposentos; na manhã seguinte, quando todos nós já tínhamos tomado o nosso desjejum, fomos em peso até ao banco. Eu mesmo entreguei o cheque ao caixa e disse que tinha fortes razões para acreditá-lo como falso. Nem um pouco, na verdade. O cheque era genuíno.

"Não acredito", disse Senhor Utterson.

"Também me sinto como você", disse Senhor Enfield. "Sim, era uma história horrível. Pois o meu companheiro era um homem que ninguém poderia acusar de algo, assim. Um verdadeiro amaldiçoado; e a pessoa que sacou o cheque é uma pessoa de boa reputação, famosa, também, e (o que torna pior) um dos seus companheiros que acreditaram que ele tivesse agido bem. Chantagem, acredito; Um homem pagando,

with a name that I can't mention, though it's one of the points of my story, but it was a name at least very well known and often printed. The figure was stiff; but the signature was good for more than that if it was only genuine. I took the liberty of pointing out to my gentleman that the whole business looked apocryphal, and that a man does not, in real life, walk into a cellar door at four in the morning and come out with another man's cheque for close upon a hundred pounds. But he was quite easy and sneering.

'Set your mind at rest,' says he, 'I will stay with you till the banks open and cash the cheque myself.'

So we all set of, the doctor, and the child's father, and our friend and myself, and passed the rest of the night in my chambers; and next day, when we had breakfasted, went in a body to the bank. I gave in the cheque myself, and said I had every reason to believe it was a forgery. Not a bit of it. The cheque was genuine."

"Tut-tut," said Mr. Utterson.

"I see you feel as I do," said Mr. Enfield. "Yes, it's a bad story. For my man was a fellow that nobody could have to do with, a really damnable man; and the person that drew the cheque is the very pink of the proprieties, celebrated too, and (what makes it worse) one of your fellows who do what they call good. Black mail I suppose; an honest man paying through the nose for some of the capers of his youth. Black Mail House is what I call the place with the door, in consequence. Though even that, you know, is far from explaining all," he added, and with the words fell into a vein of musing.

From this he was recalled by Mr. Utterson asking rather suddenly: "And you don't know if the drawer of the cheque lives there?"

"A likely place, isn't it?" returned Mr. Enfield. "But I happen to have noticed his address; he lives in some square or other."

"And you never asked about the place with the door?" said Mr. Utterson.

"No, sir: I had a delicacy," was the reply. "I feel very strongly about putting questions; it partakes too much of the style of the day of judgment. You start a question, and it's like starting a stone. You sit quietly on the top of a hill; and away the stone goes, starting others; and presently some bland old bird (the last you would have thought of) is knocked on the head in his own back garden and the family have to change their name. No sir, I make it a rule of mine: the more it looks like Queer Street, the less I ask."

"A very good rule, too," said the lawyer.

"But I have studied the place for myself," continued Mr. Enfield. "It seems scarcely a house. There is no other door, and nobody goes in or out of that one but, once in a great while, the gentleman of my adventure. There are three

e pagando os olhos da cara, pelos deslizes de sua juventude. Casa da Chantagem, assim passei a designar aquele lugar com a porta, em razão disso. Como você bem sabe, fica, ainda, muito distante da verdadeira explicação sobre tudo", completou e, ao dizer essas palavras, lançou-se em profunda reflexão.

Mas, foi tirado dela ao ser interrogado, repentinamente, pelo Senhor Utterson: "E você não sabe se, quem descontou o cheque, mora lá?"

"Um lugar singular, não acha?", respondeu Senhor Enfield. "Mas, aconteceu por acaso de ter reparado o endereço dele; ele mora em outro lugar qualquer".

"E, você nunca quis saber sobre aquele lugar da porta?", perguntou Senhor Utterson.

"Não, meu caro: eu tenho uma sensibilidade para isso", foi a resposta. "Sei muito bem como colocar algumas questões; partilho, perfeitamente, do estilo do dia do Juízo. Você começa uma questão, e é como se rompesse uma pedra. Você apenas se senta, tranquilamente, no topo de uma colina, e por onde a pedra segue, ela parte outras; nessa mesma ho-ra, alguém, com grande experiência, (o último que se poderia imaginar) é golpeado na cabeça, em seu próprio território e, com isso, a família tem que mudar a imagem dela. Não, meu caro, eu fiz disso uma regra própria: quanto mais eu olho para a Queer Street, menos eu desejo saber".

"Uma decisão muito boa, também", disse o advogado.

"Mas, eu pesquisei o lugar por mim mesmo", continuou Senhor Enfield. "Assemelha-se muito pouco com uma casa. Não há outra porta sequer e ninguém entrava ou saía dela, além do cavalheiro de minha aventura, de tempos em tempos. Há três janelas voltadas para o pátio, no primeiro pavimento; nenhuma, no pavimento térreo; as janelas estão sempre fechadas, mas limpas. E havia, também, uma chaminé que, geralmente, está acesa lá; então alguém deve viver lá. Apesar de não ser, plenamente certo, pois os edifícios estão tão próximos, uns dos outros, que fica difícil dizer onde um termina e onde outro começa".

Os dois caminharam, novamente, por um tempo em silêncio; e então disse o Senhor Utterson: "Enfield, esta é uma boa atitude a sua".

"Sim, eu acho que é", respondeu Enfield.

"Mas por tudo isso", continuou o advogado, "há um ponto que gostaria de perguntar: gostaria de saber o nome daquele homem que atacou aquela criança".

"Bem", disse Senhor Enfield, "Não vejo que tipo de prejuízo isso poderia trazer. Era um homem cujo nome era Hyde".

"Hummm", disse Senhor Utterson. "Que tipo de homem seria ele?"

"Ele não é fácil de se descrever. Há algo errado com a sua aparência; algo desagradável, algo, claramente, detestável. Eu nunca conheci alguém de quem eu desgostasse, mesmo que eu pouco conhecesse. Ele deve ser deformado, de algum modo; ele transmite uma forte sensação de deformidade, embora eu não possa especificar, exatamente, o ponto. Ele é um homem extraordinário e, mesmo eu, não poderia determinar nada contra ele. Não, meu caro; eu não posso me pronunciar a respeito; eu não posso descrevê-lo. E não o faço por não

windows looking on the court on the first floor; none below; the windows are always shut but they're clean. And then there is a chimney which is generally smoking; so somebody must live there. And yet it's not so sure; for the buildings are so packed together about the court, that it's hard to say where one ends and another begins."

The pair walked on again for a while in silence; and then "Enfield," said Mr. Utterson, "that's a good rule of yours."

"Yes, I think it is," returned Enfield.

"But for all that," continued the lawyer, "there's one point I want to ask: I want to ask the name of that man who walked over the child."

"Well," said Mr. Enfield, "I can't see what harm it would do. It was a man of the name of Hyde."

"Humm," said Mr. Utterson. "What sort of a man is he to see?"

"He is not easy to describe. There is something wrong with his appearance; something displeasing, something downright detestable. I never saw a man I so disliked, and yet I scarce know why. He must be deformed somewhere; he gives a strong feeling of deformity, although I couldn't specify the point. He's an extraordinary looking man, and yet I really can name nothing out of the way. No, sir; I can make no hand of it; I can't describe him. And it's not want of memory; for I

15

declare I can see him this moment."

Mr. Utterson again walked some way in silence and obviously under a weight of consideration. "You are sure he used a key?" he inquired at last.

"My dear sir..." began Enfield, surprised out of himself.

"Yes, I know," said Utterson; "I know it must seem strange. The fact is, if I do not ask you the name of the other party, it is because I know it already. You see, Richard, your tale has gone home. If you have been inexact in any point you had better correct it."

"I think you might have warned me," returned the other with a touch of sullenness. "But I have been pedantically exact, as you call it. The fellow had a key; and what's more, he has it still. I saw him use it not a week ago."

Mr. Utterson sighed deeply but said never a word; and the young man presently resumed. "Here is another lesson to say nothing," said he. "I am ashamed of my long tongue. Let us make a bargain never to refer to this again."

"With all my heart," said the lawyer. "I shake hands on that, Richard."

me lembrar dele, pois declaro que posso vê-lo, a qualquer momento".

Senhor Utterson caminhou, novamente, em silêncio e, obviamente, sob o peso de suas considerações. "Você tem certeza de que ele usou uma chave?", perguntou ele, afinal.

"Meu caro senhor...", começou a dizer Enfield, completamente, surpreendido.

"Sim, eu sei", disse Utterson; "Eu sei que isto deve parecer estranho. O fato é este, e se não lhe peço o nome da outra parte é porque eu já o conheço. Veja, Richard, sua história já chegou até minha casa. Se você foi inexato, em algum ponto, seria melhor você corrigi-la".

"Acredito que você poderia ter me alertado", respondeu o outro com um toque cabisbaixo. "Mas tenho sido, pedantemente, exato, como você solicitou. Um companheiro meu tinha uma chave; e digo mais, ele ainda a tem. Eu o vi usando-a, não faz uma semana".

Senhor Utterson suspirou, profundamente, mas não disse uma só palavra; e o jovem, assim, continuou. "Eis outra lição para nada comentar", disse ele. "Envergonho-me de ser tão indiscreto. Façamos o acordo de nunca mais nos referirmos a isto novamente".

"De todo meu coração", disse o advogado. "Eu o cumprimento por isso, Richard".

A Busca pelo Senhor Hyde

Capítulo 2

Search for Mister Hyde

Àquela tarde, Sr Utterson retornou para casa. Uma casa de solteiro sombria, e sentou-se para jantar, sem a menor disposição. Era costume, aos domingos, terminar o jantar, e sentar-se junto à lareira, com um volume de alguma meditação religiosa, deixado sobre sua escrivaninha, até o relógio da igreja vizinha marcar meia-noite, quando, então, sobriamente e cheio de gratidão, se dirigiria para a cama. Nesta noite, entretanto, assim que a mesa foi retirada, tomou um candelabro e foi para seu escritório. Lá, ele abriu o cofre, retirando, da parte mais funda do mesmo, um documento de dentro de um envelope endossado, como "Testamento do Doutor Jekyll"; sentou-se, então, preocupado, para estudar o seu conteúdo. O testamento era manuscrito e, embora Senhor Utterson tenha se encarregado dele, agora que já se encontrava feito, se recusara a fornecer qualquer assistência, em sua elaboração; ele determinava, não somente, que no caso de falecimento de Henry Jekyll, Doutor de Medicina, Advogado Cível, Doutor em Leis e

That evening Mr. Utterson came home to his bachelor house in sombre spirits and sat down to dinner without relish. It was his custom of a Sunday, when this meal was over, to sit close by the fire, a volume of some dry divinity on his reading desk, until the clock of the neighbouring church rang out the hour of twelve, when he would go soberly and gratefully to bed. On this night however, as soon as the cloth was taken away, he took up a candle and went into his business room. There he opened his safe, took from the most private part of it a document endorsed on the envelope as Dr. Jekyll's Will and sat down with a clouded brow to study its con-tents. The will was holograph, for Mr. Utterson though he took charge of it now that it was made, had refused to lend the least assistance in the making of it; it provided not only that, in case of the decease of Henry Jekyll, M.D., D.C.L., L.L.D.,

F.R.S., etc., all his possessions were to pass into the hands of his "friend and benefactor Edward Hyde," but that in case of Dr. Jekyll's "disappearance or unexplained absence for any period exceeding three calendar months," the said Edward Hyde should step into the said Henry Jekyll's shoes without further delay and free from any burthen or obligation beyond the payment of a few small sums to the members of the doctor's household. This document had long been the lawyer's eyesore. It offended him both as a lawyer and as a lover of the sane and customary sides of life, to whom the fanciful was the immodest. And hitherto it was his ignorance of Mr. Hyde that had swelled his indignation; now, by a sudden turn, it was his knowledge. It was already bad enough when the name was but a name of which he could learn no more. It was worse when it began to be clothed upon with detestable attributes; and out of the shifting, insubstantial mists that had so long baffled his eye, there leaped up the sudden, definite presentment of a fiend.

"I thought it was madness," he said, as he replaced the obnoxious paper in the safe, "and now I begin to fear it is disgrace."

With that he blew out his candle, put on a greatcoat, and set forth in the direction of Cavendish Square, that citadel of medicine, where his

Companheiro da Sociedade Real[4], etc, todos os seus bens passariam às mãos de "amigo e benfeitor Edward Hyde", mas que, no caso de "desaparecimento ou ausência, inexplicável, do Doutor Jekyll, por um período superior ao de três meses corridos", o dito Edward Hyde tomaria todos os bens do citado Henry Jekyll, sem atrasos e livre de qualquer peso ou obrigação, exceto o pagamento de pequenas somas aos membros da criadagem do doutor. Este documento era, completamente, desagradável aos olhos do advogado; Era-lhe ofensivo. Tanto para o advogado quanto para o amante da sanidade e costumes cotidianos, ainda mais para alguém que julgava o fantasioso, totalmente, insolente. E, até aqui, o seu completo desconhecimento de quem era Senhor Hyde lhe aumentava a indignação; agora, repentinamente, ele se mostrava conhecido. Já era ruim o suficiente quando o nome era apenas um do qual jamais ouvira falar. Ficou pior, quando começou a ser associado a atributos detestáveis. Como resultado dessa mudança, as névoas sem substâncias que, por algum tempo, encobriam os seus olhos foram reveladas pelo ocorrido, definido pela conduta de um demônio.

"Pensei que fosse loucura", disse ele ao recolocar aquele papel insolente no cofre, "e agora começo a temer por uma desgraça".

Em seguida, ele apagou a sua vela, colocou um sobretudo e seguiu em direção à Cavendish Square, a cidadela da medicina[5], onde o seu amigo, o grande Doutor Lanyon,

---

[4] No século XIX, os dois primeiros títulos eram obtidos em escolas regulares e os demais conquistados, por mérito, ao longo do exercício da profissão.
[5] No final do século XIX, os moradores de Cavendish Square eram todos ligados à prática da medicina.

possuía uma residência e recebia sua multidão de pacientes. "Se alguém pode saber disso, esse alguém é Lanyon", pensou ele.

O cerimonioso mordomo o conhecia e lhe deu as boas-vindas. Era imperioso que nenhum atraso fosse tolerado, o que o conduziu, diretamente, à porta da sala de jantar, onde Doutor Lanyon se encontrava, tomando uma taça de vinho. Ele era um cavalheiro sincero, leal e agradável, de faces rosadas e com uma mecha de cabelos, prematuramente brancos, e homem de gestos decididos e tempestuosos. Ao ver Senhor Utterson, se levantou da cadeira e o cumprimentou, calorosamente. A cordialidade, como demonstrada, era um tanto quanto teatral aos olhos, mas repousava em sentimentos verdadeiros. Principalmente, para estes dois que eram velhos amigos, velhos companheiros, tanto de escola quanto de faculdade. Ambos, cientes de si e do outro, e, além disso, o que não era sempre encontrado, homens que apreciavam, de forma verdadeira, a companhia um do outro.

Após alguns rodeios, o advogado apresentou o tema que, de forma tão desagradável, preocupava sua mente.

"Suponho, Lanyon", disse ele, "que você e eu sejamos os mais velhos amigos que Henry Jekyll tem".

"Acredito que os mais jovens", gargalhou Doutor Lanyon. "Mas, suponho que sim. E o que foi dele? Eu o vejo pouco agora".

"Mesmo?", disse Utterson. "Pensei que vocês tivessem interesses em comum".

"Nós tínhamos", foi a resposta. "Mas há mais de dez anos que Henry Jekyll se

friend, the great Dr. Lanyon, had his house and received his crowding patients. "If anyone knows, it will be Lanyon," he had thought.

The solemn butler knew and welcomed him; he was subjected to no stage of delay, but ushered direct from the door to the dining-room where Dr. Lanyon sat alone over his wine. This was a hearty, healthy, dapper, red-faced gentleman, with a shock of hair prematurely white, and a boisterous and decided manner. At sight of Mr. Utterson, he sprang up from his chair and welcomed him with both hands. The geniality, as was the way of the man, was somewhat theatrical to the eye; but it reposed on genuine feeling. For these two were old friends, old mates both at school and college, both thorough respectors of themselves and of each other, and what does not always follow, men who thoroughly enjoyed each other's company.

After a little rambling talk, the lawyer led up to the subject which so disagreeably preoccupied his mind.

"I suppose, Lanyon," said he, "you and I must be the two oldest friends that Henry Jekyll has?"

"I wish the friends were younger," chuckled Dr. Lanyon. "But I suppose we are. And what of that? I see little of him now."

"Indeed?" said Utterson. "I thought you had a bond of common interest."

"We had," was the reply. "But it is more than ten years since Henry Jekyll became too fanciful for me. He began to go wrong, wrong in mind; and though of course I continue to take an interest in him for old sake's sake, as they say, I see and I have seen devilish little of the man. Such unscientific balderdash," added the doctor, flushing suddenly purple, "would have estranged Damon and Pythias."

This little spirit of temper was somewhat of a relief to Mr. Utterson. "They have only differed on some point of science," he thought; and being a man of no scientific passions (except in the matter of conveyancing), he even added: "It is nothing worse than that!" He gave his friend a few seconds to recover his composure, and then approached the question he had come to put. Did you ever come across a protege of his... one Hyde?" he asked.

"Hyde?" repeated Lanyon. "No. Never heard of him. Since my time."

That was the amount of information that the lawyer carried back with him to the great, dark bed on which he tossed to and fro, until the small hours of the morning began to grow large. It was a night of little ease to his toiling mind, toiling in mere darkness and beseiged by questions.

Six o'clock stuck on the bells of the church that was so conveniently near to Mr. Utterson's dwelling, and still he was digging at the problem. Hitherto it had touched him on the intellectual

tornou um estranho, para mim. Ele começou a enveredar por estranhos e errados caminhos; e, embora, é claro, que continue a manifestar um interesse por ele, a bem da velha amizade, como se diz, vejo e tenho visto um homem um tanto quanto diabólico. _"Tal baboseira não científica", continuou o doutor, corando, repentinamente, "afastaria até Damon e Pítias[6]".

Esta pequena manifestação de temperamento foi, de algum modo, um alívio para Senhor Utterson. "Eles têm somente diferenças em alguns pontos da ciência", ele pensou; e sendo um homem desprovido de paixões científicas (exceto quando é matéria de seu interesse), ele completou: "Não há nada pior do que isso!". Ele deu ao amigo alguns segundos para se recompor, e então chegou ao ponto que desejava colocar. "Você já ouviu falar de um protegido dele... um tal de Hyde?", perguntou.

"Hyde?", repetiu Lanyon. "Não. Nunca ouvi falar dele. Nunca mesmo".

Aquela era a informação que o advogado precisava e que carregou de volta para sua grande e escura cama, revirando-se, de um lado para o outro, até que as primeiras horas da manhã começaram a surgir. Foi uma noite de pouco descanso para a sua mente laboriosa, lançada na escuridão e tomada de assalto por essas questões.

As seis badaladas anunciaram a manhã nos sinos da igreja, tão convenientemente próxima da residência do Senhor Utterson, e o encontraram ainda remoendo o problema. Até aquele momento,

---

[6] Na mitologia grega, a lenda de Damon e Pítias simboliza a confiança e a lealdade, existentes na verdadeira amizade.

este havia se restringido ao seu lado intelectual; mas, agora sua imaginação também estava envolvida, ou melhor, escravizada; e na medida em que ele se revirava na profunda escuridão da noite e de seu aposento encortinado, a história contada pelo S. Enfield passava diante de sua mente em uma sucessão de imagens iluminadas. Ele foi tomado pela do grande campo reluzente, que é uma cidade noturna, e pela figura de um homem caminhando, furtivamente, e de uma criança fugindo do ataque do doutor. Do encontro deles e do ataque daquela besta-fera sobre a criança, passando, diretamente, pelos gritos da menina. Ou ainda, ele via um aposento em uma rica casa, onde seu amigo dormia, sonhava e sorria com os sonhos que tinha. E, aí, a porta daquele quarto se abria. As cortinas eram puxadas para o lado, àquele que dormia era despertado, e eis que surgia ao seu lado uma figura cujo poder era dado e que mesmo àquela hora inativa, surgia e realizava as suas vontades. A figura nessas duas fases assombrava o advogado a noite toda; e se este chegava a adormecer, ela surgia rapidamente de um modo ainda mais furtivo entre casas adormecidas, ou movia-se rapidamente, e ainda mais rapidamente, a ponto de rodopiar, através dos vastos labirintos da cidade iluminada, e a cada esquina abater uma criança e deixá-la gritando. E ainda que a figura não tivesse rosto, pelo qual pudesse ser reconhecido, pois mesmo em seus sonhos, ele não tinha um rosto, ou quando o possuía era embaçado e se evaporava diante de seus olhos; e assim era que se espalhava e crescia na mente do advogado com uma força singular, uma curiosidade quase exagerada de contemplar

side alone; but now his imagination also was engaged, or rather enslaved; and as he lay and tossed in the gross darkness of the night and the curtained room, Mr. Enfield's tale went by before his mind in a scroll of lighted pictures. He would be aware of the great field of lamps of a nocturnal city; then of the figure of a man walking swiftly; then of a child running from the doctor's; and then these met, and that human Juggernaut trod the child down and passed on regardless of her screams. Or else he would see a room in a rich house, where his friend lay asleep, dreaming and smiling at his dreams; and then the door of that room would be opened, the curtains of the bed plucked apart, the sleeper recalled, and lo! there would stand by his side a figure to whom power was given, and even at that dead hour, he must rise and do its bidding. The figure in these two phases haunted the lawyer all night; and if at any time he dozed over, it was but to see it glide more stealthily through sleeping houses, or move the more swiftly and still the more swiftly, even to dizziness, through wider labyrinths of lamplighted city, and at every street corner crush a child and leave her screaming. And still the figure had no face by which he might know it; even in his dreams, it had no face, or one that baffled him and melted before his eyes; and thus it was that there sprang up and grew apace in the lawyer's mind a singularly strong, almost an inordinate, curiosity to behold the features of the real Mr.

21

Hyde. If he could but once set eyes on him, he thought the mystery would lighten and perhaps roll altogether away, as was the habit of mysterious things when well examined. He might see a reason for his friend's strange preference or bondage (call it which you please) and even for the startling clause of the will. At least it would be a face worth seeing: the face of a man who was without bowels of mercy: a face which had but to show itself to raise up, in the mind of the unimpressionable Enfield, a spirit of enduring hatred.

From that time forward, Mr. Utterson began to haunt the door in the by-street of shops. In the morning before office hours, at noon when business was plenty, and time scarce, at night under the face of the fogged city moon, by all lights and at all hours of solitude or concourse, the lawyer was to be found on his chosen post.

"If he be Mr. Hyde," he had thought, "I shall be Mr. Seek."

And at last his patience was rewarded. It was a fine dry night; frost in the air; the streets as clean as a ballroom floor; the lamps, unshaken by any wind, drawing a regular pattern of light and shadow. By ten o'clock, when the shops were closed the by-street was very solitary and, in spite of the low growl of London from all round, very

as feições do verdadeiro Senhor Hyde. Se ele pudesse pelo menos uma vez colocar os olhos sobre ele, ele acreditava que o mistério seria desvendado e talvez eliminado, como era comum acontecer com as coisas misteriosas quando bem examinadas. Ele poderia descobrir uma razão para a estranha preferência ou obrigação de seu amigo (chame-a como desejar) e mesmo para a impressionante clausula de seu testamento. Pelo menos, seria um rosto que valesse a pena ver: o rosto de um homem que não possuía nenhum traço de misericórdia. Rosto que nada tinha para revelar, na mente de uma pessoa impressionável como Enfield, espírito de um ódio permanente.

Daquele dia em diante, Senhor Utterson começou a buscar a porta, na travessa das lojas. Pela manhã; antes do horário comercial; ao meio-dia; quando os negócios estavam cheios e o tempo era escasso; à noite sob a face da cidade repleta de fogo, sob todas as luzes e horas de solidão ou multidão, o advogado se encontrava diante do seu posto de vigília.

"Se ele for o Senhor Hyde", pensou, "eu serei o Senhor Seek"[7].

Por fim, sua paciência foi recompensada. Era uma bela noite seca, com ar frio; as ruas tão limpas quanto um salão de baile; as luminárias, imóveis pelo vento, desenhavam um padrão regular de luzes e sombras. Às dez horas, quando as lojas estavam fechadas, a travessa estava muito vazia e, apesar do murmurinho da Londres

---

[7] Trocadilho realizado pelo autor: em inglês HYDE e HIDE (esconder) possuem a mesma estrutura fonética; aqui Stevenson vale-se dessa semelhança para vincular o personagem ao jogo de esconde-esconde, ou hide-and-seek (literalmente, esconder-e-buscar).

circundante, tudo era silêncio. Apenas suaves sons eram trazidos, de longe; sons domésticos oriundos das casas e, perfeitamente, audíveis, em ambos os lados da rua; o rumor da aproximação de qualquer pedestre o precedia, por um longo tempo. Senhor Utterson já se achava, há alguns minutos, em seu posto, quando foi despertado por um curioso clarão de passos, perto dele. Ao longo de suas patrulhas noturnas, ele já havia se acostumado ao estranho efeito que os passos de uma pessoa sozinha, quando ainda está vagando a uma certa distância, de repente, torna-se distinto do vasto zumbido barulhento da cidade. Ainda que sua atenção nunca tenha sido tão brusca e, decididamente, chamada. Foi uma forte e supersticiosa previsão de sucesso que fez voltar sua atenção para a entrada do pátio.

Os passos se aproximavam, rapidamente, e cresceram, assim que ingressaram no final da rua. O advogado, olhando para a entrada, pôde, rapidamente, ver de que tipo de homem se tratava. Ele era pequeno, muito bem vestido e sua aparência, mesmo àquela distância, era ameaçadora a todos que ousavam lhe encarar. Mas, ele seguiu à porta, cruzando a rua para economizar tempo, e, assim que lá chegou, sacou uma chave de seu bolso, ao se aproximar da casa.

Senhor Utterson apressou-se e tocou-lhe o ombro, quando este passou. "Senhor Hyde, eu presumo?!"

Senhor Hyde se encolheu com um profundo suspiro de respiração. Porém, o temor foi apenas momentâneo; e, embora não tivesse encarado, diretamente, o

silent. Small sounds carried far; domestic sounds out of the houses were clearly audible on either side of the roadway; and the rumour of the approach of any passenger preceded him by a long time. Mr. Utterson had been some minutes at his post, when he was aware of an odd light footstep drawing near. In the course of his nightly patrols, he had long grown accustomed to the quaint effect with which the footfalls of a single person, while he is still a great way off, suddenly spring out distinct from the vast hum and clatter of the city. Yet his attention had never before been so sharply and decisively arrested; and it was with a strong, superstitious prevision of success that he withdrew into the entry of the court.

The steps drew swiftly nearer, and swelled out suddenly louder as they turned the end of the street. The lawyer, looking forth from the entry, could soon see what manner of man he had to deal with. He was small and very plainly dressed and the look of him, even at that distance, went somehow strongly against the watcher's inclination. But he made straight for the door, crossing the roadway to save time; and as he came, he drew a key from his pocket like one approaching home.

Mr. Utterson stepped out and touched him on the shoulder as he passed. "Mr. Hyde, I think?"

Mr. Hyde shrank back with a hissing intake of the breath. But his fear was only momentary; and though he did not look the lawyer in the face, he answered coolly enough: "That is my name. What do you want?"

"I see you are going in," returned the lawyer. "I am an old friend of Dr. Jekyll's — Mr. Utterson of Gaunt Street — you must have heard of my name; and meeting you so conveniently, I thought you might admit me."

"You will not find Dr. Jekyll; he is from home," replied Mr. Hyde, blowing in the key. And then suddenly, but still without looking up, "How did you know me?" he asked.

"On your side," said Mr. Utterson "will you do me a favour?"

"With pleasure," replied the other. "What shall it be?"

"Will you let me see your face?" asked the lawyer.

Mr. Hyde appeared to hesitate, and then, as if upon some sudden reflection, fronted about with an air of defiance; and the pair stared at each other pretty fixedly for a few seconds. "Now I shall know you again," said Mr. Utterson. "It may be useful."

"Yes," returned Mr. Hyde, "It is as well we have met; and apropos, you should have my address." And he gave a number of a street in Soho.

"Good God!", thought Mr. Utterson, "can he, too, have been thinking of the will?" But he kept his feelings to himself and only grunted in acknowledgment of the address.

"And now," said the other, "how did you know me?"

advogado, respondeu com uma frieza sem igual: "Este é o meu nome. O que deseja?!"

"Percebo que acabou de chegar", respondeu o advogado. "Sou um velho amigo do Doutor Jekyll – Senhor Utterson, da Gaunt Street – você certamente já ouviu o meu nome; e, uma vez que nos encontramos, tão convenientemente, penso que poderia entrar".

"Você não encontrará Doutor Jekyll; ele não está em casa", responde Senhor Hyde, agitando a chave. E, inesperadamente, mas ainda sem lhe encarar, perguntou: "Como você me conhece?"

"Por obséquio", disse Senhor Utterson, "poderia fazer-me um favor?"

"Com prazer", respondeu o outro. "O que deseja?"

"Poderia me deixar ver o seu rosto?", pediu o advogado.

Senhor Hyde pareceu hesitar, e então, como se necessitasse de alguma reflexão, repentina, encarou-lhe com um ar de desacato; ambos se encararam, fixamente, por alguns segundos. "Agora eu poderei lhe reconhecer, novamente", disse Senhor Utterson. "Isso poderá ser útil", complementou.

"Sim", respondeu Senhor Hyde. "Foi bom que nos encontrássemos; e a propósito, fique com o meu endereço". E deu-lhe um número de uma rua no Soho.

"Bom Deus!", pensou Senhor Utterson, "será que ele também se lembrou do testamento?" Mas, manteve a calma e somente resmungou, em agradecimento pelo endereço.

"Mas, me diga", pediu e indagou o outro: "como você me reconheceu?"

"Por descrição", foi a resposta.

"Quem me descreveu?

"Possuímos amigos em comum", disse Senhor Utterson.

"Amigos em comum", repetiu Senhor Hyde, um tanto rouco e curioso: "Quem são esses?"

"Jekyll, por exemplo", disse o advogado.

"Ele nunca o mencionou", gritou Senhor Hyde, com um acesso de fúria. "Não acredito que você mentiria."

"Ora, vamos", disse Senhor Utterson, "isso não são termos adequados".

O outro se lançou em uma risada alta e selvagem; e, a seguir, com uma rapidez, extraordinária, destrancou a porta e desapareceu dentro da casa.

O advogado permaneceu estático, pela imagem de preocupação com que Senhor Hyde lhe deixara. Então, lentamente, começou a subir a rua, parando, a cada passo ou dois, e colocando sua mão sobre a fronte, como um homem lançado em perplexidade mental. O problema, ele considerava, enquanto andava. E era daqueles que, raramente, são solucionados. Senhor Hyde era pálido e nanico; dava uma impressão de deformidade, sem qualquer má-formação que pudesse ser identificada. Tinha um sorriso desagradável. Ao advogado, transmitiu uma cruel mistura de timidez e de atrevimento e se manifestou com uma voz, de algum modo, irregular, áspera e sussurrada. Todos esse pontos estavam contra ele, mas nenhum destes, juntos, explicaria a repulsa, a repugnância e o medo, até aqui, desconhecidos, com os quais Senhor Utterson

"By description," was the reply.

"Whose description?"

"We have common friends," said Mr. Utterson.

"Common friends," echoed Mr. Hyde, a little hoarsely. "Who are they?"

"Jekyll, for instance," said the lawyer.

"He never told you," cried Mr. Hyde, with a flush of anger. "I did not think you would have lied."

"Come," said Mr. Utterson, "that is not fitting language."

The other snarled aloud into a savage laugh; and the next moment, with extraordinary quickness, he had unlocked the door and disappeared into the house.

The lawyer stood awhile when Mr. Hyde had left him, the picture of disquietude. Then he began slowly to mount the street, pausing every step or two and putting his hand to his brow like a man in mental perplexity. The problem he was thus debating as he walked, was one of a class that is rarely solved. Mr. Hyde was pale and dwarfish, he gave an impression of deformity without any nameable malformation, he had a displeasing smile, he had borne himself to the lawyer with a sort of murderous mixture of timidity and boldness, and he spoke with a husky, whispering and somewhat broken voice; all these were points against him, but not all of these together could explain the hitherto unknown disgust, loathing and fear with which Mr. Utterson regarded him. "There must be something else," said the perplexed gentleman. "There is something more, if I could find a name for it. God bless me, the man seems hardly human! Something troglodytic, shall we say? or can it be the old story of Dr. Fell? or is it the mere radience of a foul soul that thus transpires through, and transfigures, its clay continent? The last,I think; for, O my poor old Harry Jekyll, if ever I read Satan's signature upon a face, it is on that of your new friend."

Round the corner from the by-street, there was a square of ancient, handsome houses, now for the most part decayed from their high estate and let in flats and chambers to all sorts and conditions of men; map-engravers, architects, shady lawyers and the agents of obscure enter-prises. One house, however, second from the corner, was still occupied entire; and at the door of this, which wore a great air of wealth and comfort, though it was now plunged in darkness except for the fanlight, Mr. Utterson stopped and knocked. A well-dressed, elderly servant opened the door.

"Is Dr. Jekyll at home, Poole?" asked the lawyer.

"I will see, Mr. Utterson," said Poole, admitting the visitor, as he spoke, into a large, low-roofed, comfortable hall

se recordava dele. "Deve haver algo a mais", disse o cavalheiro, perplexo. "Há algo mais. Se soubesse ao menos o que era! Deus me perdoe, mas esse homem nem parece humano! Diria que se parece, antes, com um troglodita. Poderia ser também uma nova versão da velha história do Doutor Fell[8]. Ou, talvez, não é mais do que o fluido de uma alma que, assim, se revela e transfigura, por completo, o seu pobre corpo. Creio que esta última hipótese é a verdadeira, porque, oh, meu pobre e velho amigo Harry Jekyll! Se alguma vez vi, em um rosto, a assinatura de Satanás, foi, com certeza, no de seu novo amigo".

Dobrando a esquina, logo depois da travessa, havia uma praça de belas casas antigas, a maior parte delas já decadentes, sem o brilho do seu passado, que se alugavam, agora, por pisos e quartos a homens de toda a classe e condição: gravadores, arquitetos, advogados de causas duvidosas e representantes de empresas obscuras. Contudo, uma das casas, a segunda a contar da esquina, ainda estava ocupada por um único inquilino. Foi diante da sua porta que possuíra um ar de riqueza e comodidade, embora quase oculta pela obscuridade; sem outra luz, a não ser uma vinda de uma janela, que Senhor Utterson parou e bateu. Um criado bem vestido e de idade avançada abriu-lhe a porta.

"O Doutor Jekyll está em casa, Poole?", perguntou o advogado.

'Vou ver, Senhor Utterson", respondeu Poole, fazendo passar o visitante para um amplo e confortável salão de teto

---

[8] John Fell, bispo da cidade de Oxford do século XVII, que com o tempo viu seu nome convertido em sinônimo do homem por quem se cria antipatia sem causa ou razão justificadas.

baixo, de chão acarpetado, aquecido (como as casas de campo) pelo fogo claro e crepitante de uma lareira e mobiliado com luxuosos móveis de carvalho.

"Importa-se de esperar, aqui, junto a lareira, ou prefere que eu acenda as luzes da sala de jantar?"

"Aqui mesmo, obrigado", disse o advogado; depois, aproximou-se da chaminé e apoiou-se no lambril. Esse salão em que, agora, se encontrava sozinho, era o local favorito do seu amigo doutor e o próprio Utterson costumava falar dele, como sendo o aposento mais agradável de Londres. Porém, nessa noite, sentia seu sangue regelar. O rosto de Hyde não lhe saía da lembrança. Experimentou (coisa rara em si) um sentimento de náusea e aversão pela vida e, no recôndito do seu espírito, pareceu ver uma ameaça, no trêmulo, reluzir das chamas sobre a superfície lisa dos móveis e no agitado dançar das sombras, no teto. Sentiu-se envergonhado pela sensação de alívio de que foi tomado, quando Poole regressou, pouco depois, para lhe comunicar que o Doutor Jekyll saíra.

"Vi o Senhor Hyde, entrando pela porta da antiga sala de dissecação, Poole. Isso acontece, quando o Doutor Jekyll não se encontra em casa?"

"Sem dúvida, Senhor Utterson", replicou o criado. "Senhor Hyde tem uma chave".

"Parece-me, Poole, que seu patrão deposita uma grande parcela de confiança nesse jovem", prosseguiu, pensativo.

"Sim, meu senhor, ele realmente a deposita", disse Poole. "Possuímos ordem de lhe obedecer, sempre".

paved with flags, warmed (after the fashion of a country house) by a bright, open fire, and furnished with costly cabinets of oak.

"Will you wait here by the fire, sir? or shall I give you a light in the dining-room?"

"Here, thank you," said the lawyer, and he drew near and leaned on the tall fender. This hall, in which he was now left alone, was a pet fancy of his friend the doctor's; and Utterson himself was wont to speak of it as the pleasantest room in London. But tonight there was a shudder in his blood; the face of Hyde sat heavy on his memory; he felt (what was rare with him) a nausea and distaste of life; and in the gloom of his spirits, he seemed to read a menace in the flickering of the firelight on the polished cabinets and the uneasy starting of the shadow on the roof. He was ashamed of his relief, when Poole presently returned to announce that Dr. Jekyll was gone out.

"I saw Mr. Hyde go in by the old dissecting room, Poole," he said. "Is that right, when Dr. Jekyll is from home?"

"Quite right, Mr. Utterson, sir," replied the servant. "Mr. Hyde has a key."

"Your master seems to repose a great deal of trust in that young man, Poole," resumed the other musingly.

"Yes, sir, he does indeed," said Poole. "We have all orders to obey him."

"I do not think I ever met Mr. Hyde?" asked Utterson.

"O, dear no, sir. He never dines here," replied the butler. Indeed we see very little of him on this side of the house; he mostly comes and goes by the laboratory."

"Well, good-night, Poole."

"Good-night, Mr. Utterson.", said.

And the lawyer set out homeward with a very heavy heart. "Poor Harry Jekyll," he thought, "my mind misgives me he is in deep waters! He was wild when he was young; a long while ago to be sure; but in the law of God, there is no statute of limitations. Ay, it must be that; the ghost of some old sin, the cancer of some concealed disgrace: punishment coming, *pede claudo*, years after memory has forgotten and self-love condoned the fault." And the lawyer, scared by the thought, brooded awhile on his own past, groping in all the corners of memory, least by chance some Jack-in-the-Box of an old iniquity should leap to light there. His past was fairly blameless; few men could read the rolls of their life with less apprehen-sion; yet he was humbled to the dust by the many ill things he had done, and raised up again into a sober and fearful gratitude by the many he had come so near to doing yet avoided. And then by a return on his former subject,

"Acredito que nunca me encontrei com Senhor Hyde, Poole", disse Utterson.

"Oh, não, meu senhor! Ele nunca janta aqui", respondeu o mordomo. "De fato, nós mesmos o vemos muito pouco nesta parte da casa; em geral, ele entra e sai, pelo laboratório".

"Bom... boa noite, Poole".

"Boa noite, Senhor Utterson".

E o advogado dirigiu-se para sua casa, com o coração apertado. "Pobre Harry Jekyll", pensou, "tenho receio de que esteja andando por águas profundas! Era um tanto desordenado, quando jovem, claro que há muito tempo. Mas, perante a lei de Deus, a sua responsabilidade não se extinguiu. Sim, deve ser isto: o fantasma de algum velho pecado, o cancro de alguma desonra oculta, a punição que, finalmente chega; *pede claudo*[9], anos depois de já o ter esquecido e o amor próprio haver condenado o deslize". E o advogado, alarmado com a idéia, pensou, com tristeza, um pouco sobre o seu próprio passado, procurando em todos os recantos da memória, com receio de que alguma antiga iniquidade saltasse à luz do dia, como um boneco de molas de uma caixa de surpresas. O seu passado era limpo e intocável. Poucos homens poderiam ler a história das suas vidas, com menos apreensão que ele, ainda que se envergonhasse profundamente das coisas más que praticara, e sentiu que, dentro de si, crescia uma gratidão serena e temerosa pelas outras que estivera a ponto de cometer e que, apesar de tudo, conseguira evitar.

[9] PEDO CLAUDO: expressão latina significando "de pés limpos".

Nesse momento, voltou a pensar no primeiro assunto e julgou ver um raio de esperança. "Este senhor Hyde, se pudéssemos investigá-lo", pensou ele, "deve possuir os seus próprios segredos; terríveis – a julgar pelo seu aspecto – junto dos quais, o pior crime do pobre Jekyll deve ser como a luz do Sol. As coisas não podem continuar como estão. Dão-me calafrios, só de pensar nessa criatura, deslizando como um ladrão até a cabeceira do leito de Harry; pobre Harry, que despertar! E o perigo que corre! Pois, se esse tal Hyde suspeitar da existência do testamento, poderá começar a ficar impaciente, pela herança. Sim, tenho que ajudá-lo. Se ao menos Jekyll me permitir fazer alguma coisa..." E, uma vez mais, diante dos seus olhos, tão transparentemente quanto cristal, as estranhas cláusulas do testamento.

he conceived a spark of hope. "This Master Hyde, if he were studied," thought he, "must have secrets of his own; black secrets, by the look of him; secrets compared to which poor Jekyll's worst would be like sunshine. Things cannot continue as they are. It turns me cold to think of this creature stealing like a thief to Harry's bedside; poor Harry, what a wakening! And the danger of it; for if this Hyde suspects the existence of the will, he may grow impatient to inherit. Ay, I must put my shoulders to the wheel—if Jekyll will but let me," he added, "if Jekyll will only let me." For once more he saw before his mind's eye, as clear as transparency, the strange clauses of the will.

Dr. Jekyll Completamente Tranquilo

Capítulo 3

Dr. Jekyll Was Quite at Ease

A fortnight later, by excellent good fortune, the doctor gave one of his pleasant dinners to some five or six old cronies, all intelligent, reput-able men and all judges of good wine; and Mr. Utterson so contrived that he remained behind after the others had departed. This was no new arrangement, but a thing that had befallen many scores of times. Where Utterson was liked, he was liked well. Hosts loved to detain the dry lawyer, when the light-hearted and loose-tongued had already their foot on the threshold; they liked to sit a while in his unobtrusive company, practis-ing for solitude, sobering their minds in the man's rich silence after the expense and strain of gaiety. To this rule, Dr. Jekyll was no exception; and as he now sat on the opposite side of the fire — a large, well-made, smooth-faced man of fifty, with something of a stylish cast perhaps, but every mark of capacity and kindness —

Quinze dias mais tarde, por um desses acasos do destino, o doutor convidou para um dos seus agradáveis jantares, uns cinco ou seis velhos colegas, todos eles inteligentes e de boa reputação e excelentes apreciadores de um bom vinho; e Senhor Utterson conseguiu ficar a sós com o último, depois de todos os outros convidados já terem partido. Isso não era nenhuma novidade, antes algo que já havia ocorrido muitíssimas vezes. Onde Utterson era estimado, ele o era de verdade. Os seus anfitriões tinham prazer na companhia do recatado advogado, quando os brincalhões e os tagarelas do grupo estavam, já, de saída. Agradava-lhes ficar, um pouco mais, na sua discreta companhia, exercitando a solidão, abrandando suas mentes, com o rico silêncio daquele homem, após os excessos da noite de festa. Doutor Jekyll não era exceção à esta regra e, agora, que se encontrava na casa dos cinquenta anos, grande, forte, de rosto delicado, com uma expressão algo astuta, talvez, onde todos os traços revelavam a sua capacidade e bondade; e, durante o tempo em que esteve sentado diante da lareira, podia se ver no seu aspecto que nutria, por Utterson, um profundo e sincero afeto.

"Já há algum tempo que desejo lhe falar, Jekyll", começou o advogado. "Você se recorda do seu testamento?"

Qualquer observador próximo poderia ter pensado que o assunto era desagradável, mas o doutor enfrentou-o, alegremente.

"Meu pobre Utterson", disse, "você não tem muita sorte com um cliente como eu. Nunca vi um homem tão angustiado como você sobre o meu testamento, a não ser esse pedante, Lanyon, tão rígido e agarrado à tradição, perante o que ele classifica como 'minhas heresias científicas'. Oh, já sei que é uma boa pessoa – não precisa franzir o cenho – um tipo excelente e a quem deveria me aproximar, mas que, apesar de tudo, é um antiquado, um pedante, um ignorante exibicionista e presunçoso. Nunca fiquei tão decepcionado com alguém quanto com Lanyon!".

"Você muito bem sabe que nunca aprovei este documento" continuou Utterson implacável, ignorando por completo o novo tema da conversa.

"O meu testamento? Sim, eu o sei, certamente", disse o doutor, com uma certa aspereza na voz. "Você já me disse".

"Bem, pois volto a falar dele", continuou o advogado. Tenho me averiguado sobre algumas coisas, a respeito do jovem Hyde".

O rosto agradável do Doutor Jekyll empalideceu, até mesmo nos lábios, e uma sombra negra lhe obscureceu o olhar. "Não me interessa ouvir mais nada", disse ele. "Este é um assunto que pensei que já tínhamos concordado não mais mencionar".

you could see by his looks that he cherished for Mr. Utterson a sincere and warm affection.

"I have been wanting to speak to you, Jekyll," began the latter. "You know that will of yours?"

A close observer might have gathered that the topic was distasteful; but the doctor carried it off gaily.

"My poor Utterson," said he, "you are unfortunate in such a client. I never saw a man so distressed as you were by my will; unless it were that hide-bound pedant, Lanyon, at what he called my scientific heresies. O, I know he's a good fellow — you needn't frown — an excellent fellow, and I always mean to see more of him; but a hide-bound pedant for all that; an ignorant, blatant pedant. I was never more disappointed in any man than Lanyon."

"You know I never approved of it," pursued Utterson, ruthlessly disregarding the fresh topic.

"My will? Yes, certainly, I know that," said the doctor, a trifle sharply. "You have told me so."

"Well, I tell you so again," continued the lawyer. "I have been learning something of young Hyde."

The large handsome face of Dr. Jekyll grew pale to the very lips, and there came a blackness about his eyes. "I do not care to hear more," said he. "This is a matter I thought we had agreed to drop."

"What I heard was abominable," said Utterson.

"It can make no change. You do not understand my position," returned the doctor, with a certain incoherency of manner. "I am painfully situated, Utterson; my position is a very strange – a very strange one. It is one of those affairs that cannot be mended by talking."

"Jekyll," said Utterson, "you know me: I am a man to be trusted. Make a clean breast of this in confidence; and I make no doubt I can get you out of it."

"My good Utterson," said the doctor, "this is very good of you, this is downright good of you, and I cannot find words to thank you in. I believe you fully; I would trust you before any man alive, ay, before myself, if I could make the choice; but indeed it isn't what you fancy; it is not as bad as that; and just to put your good heart at rest, I will tell you one thing: the moment I choose, I can be rid of Mr. Hyde. I give you my hand upon that; and I thank you again and again; and I will just add one little word, Utterson, that I'm sure you'll take in good part: this is a private matter, and I beg of you to let it sleep."

Utterson reflected a little, looking in the fire.

"I have no doubt you are perfectly right," he said at last, getting to his feet.

"Well, but since we have touched upon this business, and for the last time I hope," continued the doctor,

"O que eu ouvi foi terrível", disse Utterson.

"Isso não alterará nada. Você não compreende a minha posição", declarou o doutor com uma certa incoerência, em sua conduta. "Encontro-me em uma situação delicada, Utterson; a minha posição é muito estranha – muito estranha, de fato. É um desses assuntos que apenas uma conversa não chega a solucionar".

"Jekyll", disse Utterson, "você me conhece bem: sou um homem em que se pode confiar. Seja, absolutamente, sincero com relação a isso e, com toda a certeza, arrancar-lhe-ei desse sofrimento".

"Meu bom Utterson", agradeceu o doutor, "é muita bondade sua e não encontro palavras, para lhe agradecer. Acredito, totalmente, em você. Confio em ti, acima de qualquer outra pessoa; Talvez, mais do que em mim próprio; se tivesse de escolher. Mas esteja certo de que não é o que imagina. Não, as coisas não são tão ruins como imagina. E só para tranqüilizar seu bom coração, direi uma coisa: posso me livrar do Senhor Hyde, no momento em que bem desejar. Eu lhe prometo, sinceramente, e lhe agradeço, de novo e de novo. Só mais uma palavra, Utterson, tenho certeza que não me interpretarás mal: este é um assunto pessoal e lhe peço que não se esqueça disso".

Utterson refletiu, um pouco, olhando para as chamas da lareira.

"Não tenho dúvida de que tem toda a razão", disse, por fim, pondo-se de pé.

"Bem, já que tocamos neste assunto, e espero que seja pela última vez", prosseguiu o doutor, "há um ponto que gostaria que compreendesses: realmente, tenho um grande interesse pelo pobre Hyde. Sei que já o viste; ele também mo disse e receio que tenha sido muito indelicado contigo. Contudo, digo-te, com toda a sinceridade, que o meu interesse por este jovem é enorme. E se eu morrer, Utterson, quero que me prometa que terá paciência com ele e que se encarregará de fazer valer os seus direitos. Creio que o faria convencido, se soubesse de tudo, e seria um grande alívio para mim, se me prometesse".

"Não posso fingir que simpatizo com ele", disse o advogado.

"Não lhe peço isso", suplicou Jekyll, pousando seu braço sobre o braço do amigo. "Só lhe peço justiça; só quero que o ajude por mim, quando eu já não pertencer mais a este mundo".

Utterson não pôde reprimir um suspiro, "Está bem", disse ele, "eu prometo".

"there is one point I should like you to understand. I have really a very great interest in poor Hyde. I know you have seen him; he told me so; and I fear he was rude. But I do sincerely take a great, a very great interest in that young man; and if I am taken away, Utterson, I wish you to promise me that you will bear with him and get his rights for him. I think you would, if you knew all; and it would be a weight off my mind if you would promise."

"I can't pretend that I shall ever like him," said the lawyer.

"I don't ask that," pleaded Jekyll, laying his hand upon the other's arm; "I only ask for justice; I only ask you to help him for my sake, when I am no longer here."

Utterson heaved an irrepressible sigh. "Well," said he, "I promise."

O Caso do Assassinato de Carew

Capítulo 4

The Carew Murder Case

Nearly a year later, in the month of October, 18, London was startled by a crime of singular ferocity and rendered all the more notable by the high position of the victim. The details were few and startling. A maid servant living alone in a house not far from the river, had gone upstairs to bed about eleven. Although a fog rolled over the city in the small hours, the early part of the night was cloudless, and the lane, which the maid's window overlooked, was brilliantly lit by the full moon. It seems she was romantically given, for she sat down upon her box, which stood immediately under the window, and fell into a dream of musing. Never (she used to say, with streaming tears, when she narrated that experience), never had she felt more at peace with all men or thought more kindly of the world. And as she so sat she became aware of an aged beautiful gentleman with white hair, drawing near along the lane; and advancing

Aproximadamente um ano depois, no mês de Outubro de 18..., a cidade de Londres foi abalada por um crime de singular ferocidade, ainda mais notável pela elevada posição social da vítima. Os detalhes eram poucos, mas surpreendentes. Uma criada que vivia sozinha, em uma casa não muito distante do rio, subira para o seu quarto, no piso superior, por volta das onze, para se deitar. Embora a neblina envolvesse a cidade, pela madrugada, a noite estava límpida e a rua, para a qual dava a janela da criada, se mostrava iluminada pela lua cheia. Parecia que ela era dada ao romantismo, pois se sentara em uma arca colocada, precisamente, debaixo da janela, entregando-se, distraída, ao seu mundo de devaneios. Nunca (costumava ela dizer, com lágrimas nos olhos, quando se referira àquela experiência) havia se sentido mais em paz, com o gênero humano, nem pensado no mundo, com maior bondade. Enquanto se conservava ali, sentada, reparou que um cavalheiro idoso de presença agradável e cabelos brancos se aproximava pela travessa, enquanto outro homem de estatura baixa, a quem a princípio não prestara atenção, avançava ao seu encontro. Quando ambos se encontravam à distância de uma palavra (coisa que ocorreu, precisamente, debaixo da janela da criada), o mais idoso fez uma saudação e aproximou-se do outro, com um elegante gesto de cortesia. Não lhe pareceu que o tema da conversa fosse de grande importância, pois, na realidade, pela sua forma de apontar o dedo, parecia que era sua intenção apenas perguntar qual o caminho que devia tomar. Era agradável contemplar como a lua brilhava no seu rosto, enquanto falava; face que respirava uma inocente amabilidade e, ao mesmo tempo, uma certa altivez, como uma bem fundada autoconfiança. Naquele instante, sem querer, fixou o olhar no outro e qual não foi a sua surpresa, ao reconhecer nele um tal Senhor Hyde que, certa ocasião, havia visitado o seu patrão e pelo qual sentira grande antipatia. Trazia na mão uma grossa bengala que agitava nervoso. Não disse uma única palavra e parecia escutar com uma mal-reprimida impaciência. De repente, irrompeu numa explosão de cólera, começou a bater com os pés no chão, a brandir a bengala e a agir (segundo o que a criada descreveu) como um louco. O cavalheiro idoso deu um passo atrás, com um gesto de enorme surpresa e, um tanto quanto, ofendido. Nesse momento, Senhor Hyde perdeu, por completo, o controle e o atacou, lançando-o por terra. Um instante depois, com a fúria de um símio selvagem, punha-se a espezinhar a vítima, descarregando sobre ela uma tal chuva de golpes, que se podia ouvir o quebrar dos ossos e o corpo lançado sobre o calçamento

to meet him, another and very small gentleman, to whom at first she paid less attention. When they had come within speech (which was just under the maid's eyes) the older man bowed and accosted the other with a very pretty manner of politeness. It did not seem as if the subject of his address were of great importance; indeed, from his pointing, it some times appeared as if he were only inquiring his way; but the moon shone on his face as he spoke, and the girl was pleased to watch it, it seemed to breathe such an innocent and old-world kindness of disposition, yet with something high too, as of a well-founded self-content. Presently her eye wandered to the other, and she was surprised to recognise in him a certain Mr. Hyde, who had once visited her master and for whom she had conceived a dislike. He had in his hand a heavy cane, with which he was trifling; but he answered never a word, and seemed to listen with an ill-contained impatience. And then all of a sudden he broke out in a great flame of anger, stamping with his foot, brandishing the cane, and carrying on (as the maid described it) like a mad-man. The old gentleman took a step back, with the air of one very much surprised and a trifle hurt; and at that Mr. Hyde broke out of all bounds and clubbed him to the earth. And next moment, with ape-like fury, he was trampling his victim under foot and hailing down a storm of blows, under which the bones were audibly shattered and the body jumped upon the roadway. At the horror of these sights and sounds, the maid fainted.

It was two o'clock when she came to herself and called for the police. The murderer was gone long ago; but there lay his victim in the middle of the lane, incredibly mangled. The stick with which the deed had been done, although it was of some rare and very tough and heavy wood, had broken in the middle under the stress of this insensate cruelty; and one splintered half had rolled in the neighbouring gutter — the other, without doubt, had been carried away by the murderer. A purse and gold watch were found upon the victim: but no cards or papers, except a sealed and stamped envelope, which he had been probably carrying to the post, and which bore the name and address of Mr. Utterson.

This was brought to the lawyer the next morning, before he was out of bed; and he had no sooner seen it and been told the circumstances, than he shot out a solemn lip. "I shall say nothing till I have seen the body," said he; "this may be very serious. Have the kindness to wait while I dress." And with the same grave countenance he hurried through his breakfast and drove to the police station, whither the body had been carried. As soon as he came into the cell, he nodded.

"Yes," said he, "I recognise him. I am sorry to say that this is Sir Danvers Carew."

da rua. Diante do horror de semelhante cena e de tais sons, a criada desmaiou.

Eram duas da madrugada, quando voltou a si e chamou a polícia. O assassino, há muito, tinha desaparecido; mas, lá, permanecia sua vítima, deitada no meio da rua, mutilada. O bastão com o qual o feito foi realizado, embora constituído de alguma madeira muito rara, dura e pesada, havia partido ao meio sob o estresse de tal crueldade, sem sentido; e uma parte dele havia rolado até a sarjeta próxima – e a outra, sem dúvida, havia sido levada pelo assassino. Uma carteira e um relógio de ouro foram encontrados sob a vítima, mas nenhum cartão ou documentos, exceto por um envelope lacrado e selado que ele, provavelmente, levava ao correio e que ostentava o nome e o endereço do Senhor Utterson.

Este foi levado ao advogado, na manhã seguinte, antes mesmo dele se levantar da cama; nem bem ele o recebera, e havia sido informado sobre as circunstâncias. Assim, disparou uma solene declaração: "Eu nada direi até que tenha visto o corpo, isto pode ser muito sério. Tenha a bondade de me aguardar até que me vista". E com o mesmo semblante, carregado de gravidade, apressou-se em tomar o seu desjejum e se dirigiu ao posto policial, para onde o corpo foi levado. Assim que entrou na cela onde se encontrava, acenou com a cabeça.

"Sim", disse ele, "eu o reconheço. E lamento dizer-lhe que se trata de Sir Danvers Carew".

"Meu bom Deus, sir", exclamou o policial, "mas será possível?" E, de imediato, seus olhos se iluminaram de ambição profissional. "Isto vai provocar um grande escândalo", continuou ele. "E talvez você nos possa ajudar a encontrar esse homem". E em poucas palavras, narrou-lhe o que a criada havia visto e lhe mostrou a bengala partida.

Senhor Utterson estremeceu, diante da menção do nome de Hyde, mas quando lhe apresentaram o bastão partido, não teve mais nenhuma dúvida. Mesmo quebrado e destruído, como estava, reconheceu a bengala com a qual ele mesmo havia presenteado a Henry Jekyll, há alguns anos.

"Este Senhor Hyde é uma pessoa de baixa estatura?", perguntou.

"Particularmente, baixo e estranho, em sua aparência, foi como a criada o descreveu", disse o policial.

Senhor Utterson refletiu por uns instantes e, depois, erguendo sua cabeça, disse, "Se quiser me acompanhar, no carro", disse, "creio que poderei levá-lo à sua casa".

Eram, praticamente, nove horas da manhã e apareciam as primeiras neblinas da estação[10]. Um grande manto, cor de chocolate, cobria o céu, mas o vento, constantemente, movimentava e desordenava aqueles vapores encapelados. Enquanto o carro avançava, de rua em rua, Senhor Utterson contemplou um maravilhoso número de tons e matizes do crepúsculo; aqui e ali, uma escuridão como a do anoitecer, uma luz de uma cor viva e intensa como a de um incêndio e, mais adiante, a

[10] O conhecido SMOG inglês, ou a poluição produzida pela queima do carvão da recém industrializada Londres que deixava o céu completamente acinzentado e que poderia durar meses durante os dias úmidos de inverno para se diluir.

37

brown, like the light of some strange conflagration; and here, for a moment, the fog would be quite broken up, and a haggard shaft of daylight would glance in between the swirling wreaths. The dismal quarter of Soho seen under these changing glimpses, with its muddy ways, and slatternly passengers, and its lamps, which had never been extinguished or had been kindled afresh to combat this mournful reinvasion of darkness, seemed, in the lawyer's eyes, like a district of some city in a nightmare. The thoughts of his mind, besides, were of the gloomiest dye; and when he glanced at the companion of his drive, he was conscious of some touch of that terror of the law and the law's officers, which may at times assail the most honest.

As the cab drew up before the address indicated, the fog lifted a little and showed him a dingy street, a gin palace, a low French eating house, a shop for the retail of penny numbers and twopenny salads, many ragged children huddled in the doorways, and many women of many different nationalities passing out, key in hand, to have a morning glass; and the next moment the fog settled down again upon that part, as brown as umber, and cut him off from his blackguardly surroundings. This was the home of Henry Jekyll's favourite; of a man who was heir to a quarter of a million sterling.

An ivory-faced and silvery-haired old woman opened the door. She had an evil face, smoothed by

névoa se dissipava, totalmente, e um brilhante raio de luz do dia cintilava, no meio das espirais de nuvens. O bairro sombrio do Soho, vislumbrado sob aqueles matizes de luzes, com suas ruas enlameadas, as pessoas maltrapilhas e os seus lampiões que não foram apagados ou que tinham sido acesos, novamente, para combater aquela nova invasão das trevas, parecia aos olhos do advogado, um bairro de alguma cidade de pesadelo. Seus pensamentos eram, de resto, dos mais lúgubres e, quando, ocasionalmente fitava o seu companheiro neste percurso, tinha consciência de que sentia o toque desse terror pela lei e pelos oficiais da lei que, por vezes, tomam de assalto o mais honesto dos homens.

Quando o carro parou diante do endereço indicado, a névoa se dissipava um pouco, revelando uma rua escura, um palácio de beberrões, um restaurante francês mal frequentado, um restaurante barato, muitas crianças maltrapilhas diante dos umbrais das portas, e inúmeras mulheres de diferentes nacionalidades que, com a chave de suas casas na mão, saíam para o primeiro trago da manhã. Logo depois, a névoa baixou, novamente, em um tom marrom avermelhado, isolando-o daquela vizinhança mal-visitada. Era, aí, o lar do protegido de Henry Jekyll, um homem que era herdeiro de um quarto de milhão de libras esterlinas.

Uma velha mulher, de rosto endurecido e cabelos prateados, abriu a porta. Ela possuía uma expressão maléfica, suavizada pela hipocrisia, mas os seus modos eram delicados. "Sim", disse ela, "esta era a casa do

Senhor Hyde", mas ele não se encontrava; ele chegou, em casa, muito tarde, na noite passada, mas tinha saído de novo, uma hora depois; não havia nada de estranho nisso, pois seus hábitos eram muito irregulares e, frequentemente, não estava em casa; fazia, praticamente, dois meses que não o via, até o dia de ontem.

"Muito bem, então, desejamos ver os seus aposentos", disse o advogado; e quando a mulher começou a dizer que seria impossível, "É melhor eu lhe dizer quem é está pessoa", complementou ele. "Este é o Inspetor Newcomen, da Scotland Yard".

Um lampejo de infame satisfação surgiu no rosto da mulher. "Ah!", disse ela, "ele está em apuros! O que fez ele?", questionou.

Senhor Utterson e o inspetor trocaram olhares. "Ele não parece ser uma pessoa muito popular, pelo jeito", observou o último. "E agora, minha boa mulher, permita-me e a este cavalheiro darmos uma olhada".

Em toda a extensão da casa que, a não ser pela velha senhora, permanecia vazia, Senhor Hyde não costumava ocupar um par de quartos sequer; mas estes eram mobiliados, com luxo e bom gosto. Um armário estava repleto de vinhos; os talheres eram de prata e as toalhas de mesa elegantes; sobre as paredes, belas pinturas, presente (assim supôs Utterson) de Henry Jekyll, que era um especialista em arte; e os tapetes eram espessos e de cores agradáveis. Entretanto, tudo isso tinha o aspecto de ter sido, recentemente, remexido, de cima abaixo e apressadamente; as roupas estavam espalhadas pelo chão, com os bolsos

hypocrisy: but her manners were excellent. Yes, she said, this was Mr. Hyde's, but he was not at home; he had been in that night very late, but he had gone away again in less than an hour; there was nothing strange in that; his habits were very irregular, and he was often absent; for instance, it was nearly two months since she had seen him till yesterday.

"Very well, then, we wish to see his rooms," said the lawyer; and when the woman began to declare it was impossible, "I had better tell you who this person is," he added. "This is Inspector Newcomen of Scotland Yard."

A flash of odious joy appeared upon the woman's face. "Ah!" said she, "he is in trouble! What has he done?"

Mr. Utterson and the inspector exchanged glances. "He don't seem a very popular character," observed the latter. "And now, my good woman, just let me and this gentleman have a look about us."

In the whole extent of the house, which but for the old woman remained otherwise empty, Mr. Hyde had only used a couple of rooms; but these were furnished with luxury and good taste. A closet was filled with wine; the plate was of silver, the napery elegant; a good picture hung upon the walls, a gift (as Utterson supposed) from Henry Jekyll, who was much of a connoisseur; and the carpets were of many plies and agreeable in colour. At this moment, however, the rooms bore every mark of having been recently and hurriedly ransacked; clothes lay about the floor, with their pockets inside out; lock-fast drawers stood open; and on the hearth there lay a pile of grey ashes, as though many papers had been burned.From these embers the inspector disinterred the butt end of a green cheque book, which had resisted the action of the fire; the other half of the stick was found behind the door; and as this clinched his suspicions, the officer declared himself delighted. A visit to the bank, where several thousand pounds were found to be lying to the murderer's credit, completed his gratification.

"You may depend upon it, sir," he told Mr. Utterson: "I have him in my hand. He must have lost his head, or he never would have left the stick or, above all, burned the cheque book. Why, money's life to the man. We have nothing to do but wait for him at the bank, and get out the handbills."

This last, however, was not so easy of accomplish-ment; for Mr. Hyde had num-bered few familiars — even the master of the servant maid had only seen him twice; his family could nowhere be traced; he had never been photogra-phed; and the few who could describe him differed widely, as common observers will. Only on one point were they agreed; and that was the haunting sense of unexpressed deformi-ty with which the fugitive impressed his beholders.

revirados; todas as trancas estavam abertas e na lareira havia uma pilha de cinzas, como se muitos papéis tivessem sido queimados. Dessas brasas, o inspetor desenterrou a capa verde de um bloco de cheques, que tinha resistido à ação do fogo; a outra parte da bengala foi encontrada atrás da porta; e isto confirmava as suas suspeitas e o policial reconheceu que estava encantado com sua descoberta. Uma visita ao banco, onde várias milhares de libras foram encontradas, à disposição, a crédito do assassino, complementou a sua gratificação.

"Você pode contar com isso, meu caro senhor", ele disse ao Senhor Utterson, "Eu o tenho em minhas mãos. Ele deve ter perdido a cabeça, ou nunca teria deixado a bengala para trás ou, acima de tudo, queimado o talão de cheques, pois afinal o dinheiro é a vida do homem. Nós nada temos a fazer, além de esperar que ele vá ao banco e lhe entregue a intimação".

Isto, entretanto, não foi fácil de concretizar, pois poucas pessoas conheciam o Senhor Hyde – mesmo o patrão da criada, que testemunhou o crime, o vira, apenas, um par de vezes; não foi possível localizar qualquer familiar; ele nunca havia sido fotografado, e poucos eram capazes de descrevê-lo, com exatidão (diferindo muito entre eles), como é comum entre os observadores, não experimentados. Somente em um ponto, todos concordavam e este era o sentimento, aterrorizante, da deformidade inexpressiva que o fugitivo passava a todos que o encaravam.

O Incidente da Carta

Capítulo 5

Incident of the Letter

Já era no final da tarde, quando Senhor Utterson se dirigiu à porta da casa do Doutor Jekyll, onde foi recebido por Poole; este o conduziu, escadas abaixo, pelos compartimentos da cozinha e por meio de um pátio que, em outros tempos, fora um jardim do edifício que era designado, indistintamente, como laboratório ou salas de dissecação. O doutor havia comprado a casa dos herdeiros de um famoso cirurgião, e como o seu gosto pessoal se destinava mais para a química do que para a anatomia, tinha alterado as funções do bloco construído no fundo do jardim. Era a primeira vez que o advogado era recebido naquela parte da residência de seu amigo, e ele contemplou, com curiosidade, a tétrica estrutura sem janelas e, uma vez lá dentro, lançou um olhar à sua volta e experimentou um desagradável sentimento de estranheza, ao cruzar o auditório, anteriormente, repleto de estudantes inquietos e agora vazio e silencioso; as mesas, repletas de aparelhos para química, o chão coberto com caixotes e sujo com palha e a luz descendo, debilmente,

It was late in the afternoon, when Mr. Utterson found his way to Dr. Jekyll's door, where he was at once admitted by Poole, and carried down by the kitchen offices and across a yard which had once been a garden, to the building which was indifferently known as the laboratory or dissecting rooms. The doctor had bought the house from the heirs of a celebrated surgeon; and his own tastes being rather chemical than anatomical, had changed the destination of the block at the bottom of the garden. It was the first time that the lawyer had been received in that part of his friend's quarters; and he eyed the dingy, windowless structure with curiosity, and gazed round with a distasteful sense of strangeness as he crossed the theatre, once crowded with eager students and now lying gaunt and silent, the tables laden with chemical apparatus, the floor strewn with crates and littered with packing straw, and the light falling dimly through the foggy cupola. At the further end, a flight of stairs mounted to a door covered with red baize; and through this, Mr. Utterson was at last received into the doctor's cabinet. It was a large room fitted round with glass presses, furnished, among other things, with a cheval-glass and a business table, and looking out upon the court by three dusty windows barred with iron. The fire burned in the grate; a lamp was set lighted on the chimney shelf, for even in the houses the fog began to lie thickly; and there, close up to the warmth, sat Dr. Jekyll, looking deathly sick. He did not rise to meet his visitor, but held out a cold hand and bade him welcome in a changed voice.

"And now," said Mr. Utterson, as soon as Poole had left them, "you have heard the news?"

The doctor shuddered. "They were crying it in the square," he said. "I heard them in my dining-room."

"One word," said the lawyer. "Carew was my client, but so are you, and I want to know what I am doing. You have not been mad enough to hide this fellow?"

"Utterson, I swear to God," cried the doctor, "I swear to God I will never set eyes on him again. I bind my honour to you that I am done with him in this world. It is all at an end. And indeed he does not want my help; you do not know him as I do; he is safe, he is quite safe; mark my words, he will never more be heard of."

através de uma cúpula enevoada. No outro oposto, um lance de escadas dava para uma porta tapada com um cortinado vermelho e, por ela, Senhor Utterson, finalmente, foi recebido no gabinete do doutor. Era uma sala ampla, rodeada de armários de vidro e mobiliada com um espelho de corpo inteiro e uma escrivaninha, entre outras coisas; possuía três janelas sujas de pó e gradeadas, que davam para o pátio. A lareira estava acesa e junto desta havia uma lâmpada acesa, pois mesmo dentro das casas, a névoa começava a entrar, e lá, próximo ao calor do fogo, Doutor Jekyll estava sentado, parecendo, mortalmente, enfermo. Ele não se levantou para receber o seu visitante, mas estendeu uma mão gelada, saudando-o com uma voz irreconhecível.

"E, agora", disse Senhor Utterson, assim que Poole os deixou, "você ouviu as notícias?"

O doutor estremeceu dentro de si. "Todos estão gritando pelas ruas", ele disse. "Eu as ouvi, da minha sala de jantar".

"Apenas uma coisa", disse o advogado. "Carew era meu cliente, assim como você, e quero saber o que devo fazer. Espero que você não esteja louco, o suficiente, para esconder este cidadão".

"Utterson, juro por Deus", exclamou o doutor, "Juro por Deus, que nunca coloquei os meus olhos nele, novamente. Dou-lhe minha palavra, de honra, que cortei relações com ele. Tudo está terminado. E, de fato, ele não me solicitou mais ajuda; você não o conhece, tão bem quanto eu: ele está em segurança, em completa segurança; anote o que lhe digo, nunca mais ouviremos falar dele".

O advogado escutava com tristeza; ele não estava gostando da exaltação febril de seu amigo. "Você me parece muito, muito seguro disso", disse ele; "e, para o seu próprio bem, espero que tenha razão. Se o caso for a julgamento, seu nome poderá ser citado".

"Estou, completamente, certo disso", respondeu Jekyll; "Estou coberto de razões, mas que não posso compartilhá-las com ninguém. No entanto, há uma coisa sobre a qual você pode me aconselhar. Eu recebi... Recebi uma carta e não sei se devo, ou não, entregá-la à polícia. Gostaria de deixar este assunto em suas mãos, Utterson. Tenho certeza de que o julgará com sabedoria, pois tenho grande confiança em você".

"Suponho que você tema que ela possa levar à sua prisão", inferiu, perguntando, o advogado.

"Não", disse o outro. "Não estou preocupado com o que possa acontecer a Hyde; eu rompi, definitivamente, com ele. Estava pensando em minha própria pessoa, que poderia ser exposta com esse odioso assunto".

Utterson pensava, com ele mesmo, por uns instantes; ele estava surpreso com o egoísmo de seu amigo e isso o tranqüilizava. "Bem", disse ele, a final, "deixe-me ver a carta".

A carta foi escrita com uma com uma letra singular, muito vertical e terminava com a assinatura "Edward Hyde" e assegurava, de um modo muito resumido, que o benfeitor de seu autor, Doutor Jekyll, a quem ele não tinha como pagar pela ampla generosidade, não precisava se preocupar com sua segurança, porque ele possuía meios para escapar, nos quais depositava plena confiança. O advogado gostou bastante desta

The lawyer listened gloomily; he did not like his friend's feverish manner. "You seem pretty sure of him," said he; "and for your sake, I hope you may be right. If it came to a trial, your name might appear."

"I am quite sure of him," replied Jekyll; "I have grounds for certainty that I cannot share with any one. But there is one thing on which you may advise me. I have... I have received a letter; and I am at a loss whether I should show it to the police. I should like to leave it in your hands, Utterson; you would judge wisely, I am sure; I have so great a trust in you."

"You fear, I suppose, that it might lead to his detection?" asked the lawyer.

"No," said the other. "I cannot say that I care what becomes of Hyde; I am quite done with him. I was thinking of my own character, which this hateful business has rather exposed."

Utterson ruminated awhile; he was surprised at his friend's selfishness, and yet relieved by it. "Well," said he, at last, let me see the letter."

The letter was written in an odd, upright hand and signed "Edward Hyde": and it signified, briefly enough, that the writer's benefactor, Dr. Jekyll, whom he had long so unworthily repaid for a thousand generosities, need labour under no alarm for his safety, as he had means of escape on which he placed a sure dependence. The lawyer liked this letter well enough; it put a better colour on the intimacy than he had looked for; and he blamed himself for some of his past suspicions.

"Have you the envelope?" he asked.

"I burned it," replied Jekyll, "before I thought what I was about. But it bore no postmark. The note was handed in."

"Shall I keep this and sleep upon it?" asked Utterson.

"I wish you to judge for me entirely," was the reply. "I have lost confidence in myself."

"Well, I shall consider," returned the lawyer. "And now one word more: it was Hyde who dictated the terms in your will about that disappearance?"

The doctor seemed seized with a qualm of faintness; he shut his mouth tight and nodded.

"I knew it," said Utterson. "He meant to murder you. You had a fine escape."

"I have had what is far more to the purpose," returned the doctor solemnly: "I have had a lesson... O God, Utter-son, what a lesson I have had!" And he covered his face for a moment with his hands.

On his way out, the lawyer stopped and had a word or two with Poole. "By the bye," said he, "there was a letter handed in today: what was the messenger like?" But Poole was positive nothing had come except by post; "and only circulars by that," he added.

carta, pois ela dava um melhor aspecto àquela intimidade do que ele julgava, anteriormente, e se recriminou por algumas de suas suspeitas passadas.

"Você tem o envelope?", perguntou.

"Eu o queimei", respondeu Jekyll, "antes de pensar no que faria. Mas ele não possuía nenhum selo. A carta foi entregue, em mãos".

"Posso ficar com ela e refletir sobre o que farei?", perguntou Utterson.

"Quero que decida por mim", foi sua resposta. "Perdi a confiança em mim mesmo".

"Bem, vou pensar a respeito", completou o advogado. "E apenas mais uma questão: Foi Hyde quem lhe ditou as cláusulas de seu testamento sobre o seu desaparecimento?"

O doutor parecia que estava preste a desmaiar; apertou, com força, os lábios e fez que sim com a cabeça.

"Eu bem que desconfiei", disse Utterson. "Ele pretendia lhe assassinar. Você escapou por pouco".

"Eu nunca desconfiei de seus propósitos", respondeu o doutor, solenemente. "Eu aprendi uma lição... Oh, Deus, que lição eu aprendi!" E cobriu seu rosto, com suas mãos, por um momento.

Ao sair, o advogado parou e trocou umas palavras com Poole. "A propósito", disse, "hoje, uma carta foi entregue, pessoalmente; qual era a aparência do mensageiro?" Mas, Poole foi categórico em afirmar que nada tinha sido entregue, além do correio; "e somente folhetos de propaganda", complementou.

Estas informações renovaram os temores do visitante. Era evidente que a carta havia chegado pela porta do laboratório; possivelmente, até tivesse sido escrita no gabinete. Se assim fosse, tinha que analisá-la de modo diferente e abordar o assunto, com mais cautela. Os vendedores de jornais, enquanto caminhava, gritavam ao longo das ruas até o ponto de ficarem roucos: "EDIÇÃO ESPECIAL. CHOCANTE ASSASSINATO DE UM MEMBRO DO PARLAMENTO". Esta era a oração fúnebre de um amigo e cliente; e ele não pôde deixar de sentir uma certa apreensão de que o bom nome do outro também fosse envolvido no turbilhão do escândalo. Esta era uma decisão delicada que tinha que tomar; e, se resguardando, como era de costume, começou a considerar buscar auxílio. Isto não era algo que se podia enganar; mas, talvez, pensou ele, poderia ser encerrado, com sabedoria.

Pouco depois, ele estava sentado, ao lado de sua lareira, com Senhor Guest, seu secretário particular, e à sua frente, a meio caminho de ambos, uma garrafa de um bom vinho especial que, durante muito tempo, mantivera guardado nas fundações de sua casa. A névoa ainda estendia suas asas sobre a cidade sufocada, onde os lampiões brilhavam como carbúnculos; e através daquelas nuvens baixas, abafadas e sufocantes, a vida urbana, ainda, prosseguia através das grandes artérias com um ruído, semelhante ao de um vento impetuoso. Apesar disso, a sala estava alegrada, com as luzes da lareira. Na garrafa, os ácidos já tinham se dissipado, há muito tempo, os tons imperiais tinham se suavizado, com o tempo,

This news sent off the visitor with his fears renewed. Plainly the letter had come by the laboratory door; possibly, indeed, it had been written in the cabinet; and if that were so, it must be differently judged, and handled with the more caution. The newsboys, as he went, were crying themselves hoarse along the footways: "SPECIAL EDITION.SHOCKING MURDER OF AN M.P." That was the funeral oration of one friend and client; and he could not help a certain apprehension lest the good name of another should be sucked down in the eddy of the scandal. It was, at least, a ticklish decision that he had to make; and self-reliant as he was by habit, he began to cherish a longing for advice. It was not to be had directly; but perhaps, he thought, it might be fished for.

Presently after, he sat on one side of his own hearth, with Mr. Guest, his head clerk, upon the other, and midway between, at a nicely calculated distance from the fire, a bottle of a particular old wine that had long dwelt unsunned in the foundations of his house. The fog still slept on the wing above the drowned city, where the lamps glimmered like carbuncles; and through the muffle and smother of these fallen clouds, the procession of the town's life was still rolling in through the great arteries with a sound as of a mighty wind. But the room was gay with firelight. In the bottle the acids were long ago resolved;

the imperial dye had softened with time, as the colour grows richer in stained windows; and the glow of hot autumn afternoons on hillside vineyards, was ready to be set free and to disperse the fogs of London. Insensibly the lawyer melted. There was no man from whom he kept fewer secrets than Mr. Guest; and he was not always sure that he kept as many as he meant. Guest had often been on business to the doctor's; he knew Poole; he could scarce have failed to hear of Mr. Hyde's familiarity about the house; he might draw conclusions: was it not as well, then, that he should see a letter which put that mystery to right? and above all since Guest, being a great student and critic of handwriting, would consider the step natural and obliging? The clerk, besides, was a man of counsel; he could scarce read so strange a document without dropping a remark; and by that remark Mr. Utterson might shape his future course.

"This is a sad business about Sir Danvers," he said.

"Yes, sir, indeed. It has elicited a great deal of public feeling," returned Guest. "The man, of course, was mad."

"I should like to hear your views on that," replied Utterson. "I have a document here in his handwriting; it is between ourselves, for I scarce know what to do about it; it is an ugly business at the best. But there it is; quite in your way: a murderer's autograph."

assim como as cores ricas dos vitrais; e o brilho das tardes mornas de outono sobre os vinhedos estava preste a libertar e a dispersar a névoa londrina. Inconscientemente, o advogado começou a se comover. Não havia homem em quem podia confiar mais do que o Senhor Guest e nem sempre estava seguro de lhe ter ocultado tudo quanto havia desejado. Guest, frequentemente, se dirigia à casa do doutor, para tratar de negócios; ele conhecia Poole; seria de se estranhar que não tivesse tido conhecimento da familiaridade com que Senhor Hyde era tratado na casa. Ele poderia até ter já tirado algumas conclusões: não seria interessante que ele visse uma carta que colocaria término a este mistério? E acima de tudo, uma vez que Guest, sendo um grande estudioso da escrita e um especialista em grafologia, não consideraria a consulta natural e até elogiosa? O secretário, além disso, era um homem concensuoso; seria de se estranhar que lesse o documento sem fazer qualquer comentário; e estas poderiam auxiliar Senhor Utterson a determinar o curso do seu destino.

"É lamentável o que ocorreu com Sir Danvers", disse ele.

"Sim, meu senhor, de fato. Ele movimentou um grande sentimento de indignação pública", respondeu Guest. "O homem, com certeza, era um louco".

"Gostaria de ouvir sua opinião sobre isto", solicitou Utterson. "Eu tenho um documento, aqui comigo, escrito de seu próprio punho; mas, cá entre nós, temo, na verdade, não saber como proceder; na melhor das hipóteses, é um assunto muito desagradável. Ei-lo; é algo de seu interesse: o autógrafo de um assassino".

Os olhos de Guest brilharam e, tomando o documento em suas mãos, começou a estudá-lo, com paixão. "Não, meu senhor", disse ele, "ele não é um louco, mas possui uma letra curiosa".

"E por todas as informações que temos, um escritor tão muito curioso", completou o advogado.

Nesse instante, um dos criados entrou com um recado.

"É do Doutor Jekyll, meu senhor?", perguntou o secretário. "Reconhecia-lhe a escrita. Algo particular, Senhor Utterson?"

"Apenas um convite para o jantar. Por quê? Você deseja vê-lo?"

"Se possível, sim. Obrigado, senhor", e o secretário colocou os dois papéis, um ao lado do outro, e diligentemente comparou o conteúdo de ambos. "Obrigado, senhor", ele disse ao término, devolvendo ambos. "É uma assinatura muito interessante".

Houve uma pausa, durante a qual Senhor Utterson permaneceu pensativo. "Por que você as comparou, Guest?", perguntou, de repente.

"Bem, meu senhor", respondeu o secretário, "há uma particular semelhança; as duas escritas são, em muitos pontos, idênticas: só diferem na inclinação das letras".

"Muito estranho, de fato", disse Utterson.

"De fato, é muito estranho, mesmo", concordou Guest.

"Não gostaria que você comentasse sobre este bilhete, espero que entenda", disse o patrão.

"Certamente, senhor", disse o secretário. "Eu compreendo".

Guest's eyes brightened, and he sat down at once and studied it with passion. "No sir," he said: "not mad; but it is an odd hand."

"And by all accounts a very odd writer," added the lawyer.

Just then the servant entered with a note.

"Is that from Dr. Jekyll, sir?" inquired the clerk. "I thought I knew the writing. Anything private, Mr. Utterson?

"Only an invitation to dinner. Why? Do you want to see it?"

"One moment. I thank you, sir;" and the clerk laid the two sheets of paper alongside and sedulously compared their contents. "Thank you, sir," he said t last, returning both; "it's a very interesting autograph."

There was a pause, during which Mr. Utterson struggled with himself. "Why did you compare them, Guest?" he inquired suddenly.

"Well, sir," returned the clerk, "there's a rather singular resemblance; the two hands are in many points identical: only differently sloped."

"Rather quaint," said Utterson.

"It is, as you say, rather quaint," returned Guest.

"I wouldn't speak of this note, you know," said the master.

"No, sir," said the clerk. "I understand."

47

But no sooner was Mr. Utterson alone that night, than he locked the note into his safe, where it reposed from that time forward. "What!" he thought. "Henry Jekyll forge for a murderer!" And his blood ran cold in his veins.

Tão logo ficou sozinho, naquela noite, Senhor Utterson trancou a carta, em seu cofre, onde permanece, desde então.

"Como é possível", pensou ele. "Henry Jekyll falsificando, por causa de um assassino!". E sentiu seu sangue congelar, nas veias.

O Notável Incidente do Dr. Lanyon

Capítulo 6

Remarkable Incident of Dr. Lanyon

O tempo passou, e milhares de libras foram oferecidas em recompensa, pois a morte de Sir Danvers foi tratado como uma injúria pública; mas, Senhor Hyde havia desaparecido, como se nunca tivesse existido, ficando fora do alcance da polícia. Muito do seu passado foi revelado e, de fato, tudo da pior reputação: histórias sobre a crueldade daquele homem surgiram; as estranhas amizades do ódio que parecia rodear a sua existência; tudo tão insensível quanto violento; sobre a sua vida infame; mas do seu atual paradeiro, nenhum rumor, sequer. Desde o dia em que deixara sua casa no Soho, na manhã do assassinato, simplesmente, desapareceu. E, pouco a pouco, na medida em que o tempo passava, o Senhor Utterson começou a se recompor do calor de sua inquietação e a se sentir mais tranquilo consigo. A morte de Sir Danvers foi, no seu modo de pensar, mais do que um preço a ser pago, pelo desaparecimento do Senhor Hyde. Agora, que a influência do mal havia desaparecido, uma nova vida começava para Doutor Jekyll. Ele saiu de sua reclusão,

Time ran on; thousands of pounds were offered in reward, for the death of Sir Danvers was resented as a public injury; but Mr. Hyde had disap-peared out of the ken of the police as though he had never existed. Much of his past was unearthed, indeed, and all disreputable: tales came out of the man's cruelty, at once so callous and violent; of his vile life, of his strange associates, of the hatred that seemed to have surrounded his career; but of his present whereabouts, not a whisper. From the time he had left the house in Soho on the morning of the murder, he was simply blotted out; and gradually, as time drew on, Mr. Utterson began to recover from the hotness of his alarm, and to grow more at quiet with himself. The death of Sir Danvers was, to his way of thinking, more than paid for by the disappearance of Mr. Hyde. Now that that evil influence had been with-drawn, a new life began for

Dr. Jekyll. He came out of his seclusion, renewed relations with his friends, became once more their familiar guest and entertainer; and whilst he had always been known for charities, he was now no less distinguished for religion. He was busy, he was much in the open air, he did good; his face seemed to open and brighten, as if with an inward consciousness of service; and for more than two months, the doctor was at peace.

On the 8th of January Utterson had dined at the doctor's with a small party; Lanyon had been there; and the face of the host had looked from one to the other as in the old days when the trio were inseparable friends. On the 12th, and again on the 14th, the door was shut against the lawyer. "The doctor was confined to the house," Poole said, "and saw no one." On the 15th, he tried again, and was again refused; and having now been used for the last two months to see his friend almost daily, he found this return of solitude to weigh upon his spirits. The fifth night he had in Guest to dine with him; and the sixth he betook himself to Dr. Lanyon's.

There at least he was not denied admittance; but when he came in, he was shocked at the change which had taken place in the doctor's appearance. He had his death-warrant written legibly upon his face. The rosy man had grown pale; his flesh had fallen away; he was visibly balder and older; and yet it was not so much these tokens of a swift physical

restabelecendo relações com seus amigos, tornando-se uma vez mais o hóspede e anfitrião costumeiros; e se até então havia sido conhecido por suas obras de caridade, agora não se distinguia menos por sua devoção. Estava sempre muito ocupado, sempre atarefado ao ar livre e sempre fazendo o bem; seu semblante parecia leve e radiante, como se consciente do bem que fazia; e por mais de dois meses, o doutor esteve em paz.

Em 8 de janeiro, Utterson jantou na casa do doutor em uma pequena recepção; Lanyon estava lá e o rosto do anfitrião olhava de um para o outro, como nos velhos tempos, quando o trio era de amigos inseparáveis. No dia 12, e novamente no dia 14, o advogado não encontrou a porta aperta. "O doutor está confinado em seus aposentos", disse Poole, "e não deseja ver ninguém". No dia 15, ele tentou novamente, e novamente não obteve resposta; e tendo já passado mais de dois meses em que se encontrava com o amigo quase que diariamente, ficou chocado com este o regresso daquele à solidão. Cinco noites depois, convidou Guest para o jantar e, na noite seguinte, se convidou para o jantar na residência do Doutor Lanyon.

Lá, pelo menos, seu ingresso não era negado, mas quando ele o recebeu, ficou chocado com a mudança que se pode vislumbrar na aparência do doutor. Ele possuía uma estranha e mortal sentença, escrita em seu rosto. O homem, sempre corado, estava completamente pálido; seu rosto perdera o viço e estava, visivelmente, mais velho e mais calvo; e ainda que estes sinais de repentina decadência física não tivessem chamado tanto a atenção do advogado, o semblante daqueles olhos e algo na conduta do seu amigo pareciam-lhe testemunhar o profundo terror que se arraigava, em sua mente. Não era provável que o doutor estivesse com medo de morrer, apesar disso, foi essa suspeita que Utterson teve. "Sim", ele pensou, "ele é um médico; ele deve ter consciência do seu próprio estado e de que seus dias estão contados; e o conhecimento disso é algo que não pode suportar". E, quando Utterson lhe fez uma observação sobre a sua má aparência, foi com grande firmeza que Lanyon reconheceu que era um homem condenado.

"Sofri um choque", disse ele, "do qual nunca me recuperei. Faz uma questão de semanas. Bem, a vida tem sido prazerosa e eu a aprecio; sim, meu caro, eu realmente a aprecio. E, às vezes, me pergunto se todos nós sabemos o quanto devemos ser gratos por escaparmos dela".

"Jekyll está doente também", observou Utterson. "Você o tem visto?"

Nessa hora, o semblante de Lanyon se alterou e, levantando uma mão trêmula, declarou em voz alta e entrecortada: "Não desejo mais ver ou ouvir qualquer coisa sobre Doutor Jekyll e lhe imploro que evite qualquer alusão a alguém que, no que me diz respeito, considero como morto".

Senhor Utterson balançou a cabeça em reprovação e após uma pausa considerável declarou: "Não posso fazer nada? Afinal nós três somos velhos amigos, Lanyon, e não viveremos o suficiente para conquistarmos novas amizades".

"Não há nada o que pode ser feito", respondeu Lanyon, "pergunte a ele".

decay that arrested the lawyer's notice, as a look in the eye and quality of manner that seemed to testify to some deep-seated terror of the mind. It was unlikely that the doctor should fear death; and yet that was what Utterson was tempted to suspect. "Yes," he thought; he is a doctor, he must know his own state and that his days are counted; and the knowledge is more than he can bear." And yet when Utterson remarked on his ill-looks, it was with an air of great firmness that Lanyon declared himself a doomed man.

I have had a shock," he said, "and I shall never recover. It is a question of weeks. Well, life has been pleasant; I liked it; yes, sir, I used to like it. I sometimes think if we knew all, we should be more glad to get away."

"Jekyll is ill, too," observed Utterson. "Have you seen him?"

But Lanyon's face changed, and he held up a trembling hand. "I wish to see or hear no more of Dr. Jekyll," he said in a loud, unsteady voice. "I am quite done with that person; and I beg that you will spare me any allusion to one whom I regard as dead."

"Tut-tut," said Mr. Utterson; and then after a considerable pause, "Can't I do anything?" he inquired. "We are three very old friends, Lanyon; we shall not live to make others."

"Nothing can be done," returned Lanyon; "ask himself."

"He will not see me," said the lawyer.

"I am not surprised at that," was the reply. "Some day, Utterson, after I am dead, you may perhaps come to learn the right and wrong of this. I cannot tell you. And in the meantime, if you can sit and talk with me of other things, for God's sake, stay and do so; but if you cannot keep clear of this accursed topic, then in God's name, go, for I cannot bear it."

As soon as he got home, Utterson sat down and wrote to Jekyll, complaining of his exclusion from the house, and asking the cause of this unhappy break with Lanyon; and the next day brought him a long answer, often very pathetically worded, and sometimes darkly mysterious in drift. The quarrel with Lanyon was incurable. "I do not blame our old friend," Jekyll wrote, but I share his view that we must never meet. I mean from henceforth to lead a life of extreme seclusion; you must not be surprised, nor must you doubt my friendship, if my door is often shut even to you. You must suffer me to go my own dark way. I have brought on myself a punishment and a danger that I cannot name. If I am the chief of sinners, I am the chief of sufferers also. I could not think that this earth contained a place for sufferings and terrors so unmanning; and you can do but one thing, Utterson, to lighten this destiny, and that is to respect my silence."

"Ele não deseja me ver", disse o advogado.

"Não estou surpreso com isso", foi sua resposta. "Algum dia, Utterson, após a minha morte, você talvez possa compreender o certo e o errado de tudo isso. Eu não lhe contarei. E, enquanto isso, se puder se sentar e conversar comigo sobre outros assuntos, pelo amor de Deus, fique; mas, se você não puder se distanciar desse assunto amaldiçoado, então, em nome de Deus, vá embora, pois não posso suportá-lo".

Assim que chegou em casa, Utterson se sentou e escreveu para Jekyll, queixando-se da proibição de freqüentar sua casa, e perguntando as causas do infeliz rompimento com Lanyon; e, no dia seguinte, recebeu uma longa resposta, redigida com palavras, muitas das vezes, patéticas e outras revestidas de um significado misterioso. A querela com Lanyon era irremediável. "Não culpo o nosso velho amigo", escreveu Jekyll, "mas compartilho de sua opinião de que não devemos mais nos ver. A partir de agora, pretendo levar uma vida de extremo recolhimento. Não se surpreenda, nem duvide de minha amizade, se com freqüência minha porta estiver fechada, inclusive, para você. Você deve me permitir que eu siga o meu próprio e obscuro caminho. Eu atraí sobre mim um castigo e um perigo que nem sequer posso nomear. E se sou o maior dos pecadores, sou também o maior dos sofredores. Nunca imaginei que, neste mundo, houvesse um lugar para tantos sofrimentos e tantos terrores inomináveis, e só há uma coisa que você pode fazer, Utterson, para tornar mais leve este meu destino que é o de respeitar o meu silêncio".

Utterson estava sem palavras. A tenebrosa influência de Hyde havia desaparecido e o doutor havia retornado às tarefas e amizades do passado; há apenas uma semana, a perspectiva sorria-lhe, com a promessa de uma velhice alegre e honrada e, agora, de um momento para outro, a amizade, a paz de espírito e sua vida inteira estavam despedaçadas. Uma mudança tão grande e inesperada parecia indício de loucura, mas, ao se recordar da atitude e das palavras de Lanyon, deveria haver alguma razão mais profunda.

Umas semanas depois, Doutor Lanyon caiu enfermo e, pouco depois de menos de uma quinzena, estava morto. Na noite seguinte ao funeral, que o havia afetado, tão tristemente, Utterson se fechou em seu escritório, e sentando-se lá, sob a luz de uma vela melancólica, colocou em sua frente um envelope endereçado de próprio punho e lacrado com o selo pessoal de seu amigo falecido. "PESSOAL: destinado UNICAMENTE às mãos de J. G. Utterson; caso ele morra antes de mim, deve ser destruído sem ser lido", e isto estava grifado, enfaticamente, o que fez com que o advogado temesse examinar o seu conteúdo. "Hoje enterrei um amigo", pensou, "será que isto me custará um outro?" E então deixando o temor de lado, rompeu o lacre. Dentro havia um outro envelope, igualmente lacrado, e onde se lia: "para ser aberto após a morte ou desaparecimento do Doutor Henry Jekyll". Utterson não acreditava em seus próprios olhos. Sim, desapare-cimento, novamente, aquela palavra, tal como no disparatado testamento que, há algum tempo, tinha

Utterson was amazed; the dark influence of Hyde had been withdrawn, the doctor had returned to his old tasks and amities; a week ago, the prospect had smiled with every promise of a cheerful and an honoured age; and now in a moment, friendship, and peace of mind, and the whole tenor of his life were wrecked. So great and unprepared a change pointed to madness; but in view of Lanyon's manner and words, there must lie for it some deeper ground.

A week afterwards Dr. Lanyon took to his bed, and in something less than a fortnight he was dead. The night after the funeral, at which he had been sadly affected, Utterson locked the door of his business room, and sitting there by the light of a melancholy candle, drew out and set before him an envelope addressed by the hand and sealed with the seal of his dead friend. "PRIVATE: for the hands of G. J. Utterson ALONE, and in case of his predecease to be destroyed unread," so it was emphatically superscribed; and the lawyer dreaded to behold the contents. "I have buried one friend today," he thought: "what if this should cost me another?" And then he condemned the fear as a disloyalty, and broke the seal. Within there was another enclosure, likewise sealed, and marked upon the cover as "not to be opened till the death or disappearance of Dr. Henry Jekyll." Utterson could not trust his eyes. Yes, it was disappearance; here again, as in the mad will which he had long ago restored to its author, here again were the idea of a disappearance and the name of Henry Jekyll bracketted. But in the will, that idea had sprung from the sinister suggestion of the man Hyde; it was set there with a purpose all too plain and horrible. Written by the hand of Lanyon, what should it mean? A great curiosity came on the trustee, to disregard the prohibition and dive at once to the bottom of these mysteries; but professional honour and faith to his dead friend were stringent obligations; and the packet slept in the inmost corner of his private safe.

It is one thing to mortify curiosity, another to conquer it; and it may be doubted if, from that day forth, Utterson desired the society of his surviving friend with the same eagerness. He thought of him kindly; but his thoughts were disquieted and fearful. He went to call indeed; but he was perhaps relieved to be denied admittance; perhaps, in his heart, he preferred to speak with Poole upon the doorstep and surrounded by the air and sounds of the open city, rather than to be admitted into that house of voluntary bondage, and to sit and speak with its inscrutable recluse. Poole had, indeed, no very pleasant news to communicate. The doctor, it appeared, now more than ever confined himself to the cabinet over the laboratory, where he would sometimes even sleep; he was out of spirits, he had grown very silent, he did not read; it seemed as if he had some-thing on his mind. Utterson became so used to the unvarying character of these reports, that he fell off little by little in the frequency of his visits.

devolvido ao seu autor, de novo, agora, a idéia de um desaparecimento e o nome de Henry Jekyll estavam unidos. Mas no testamento, aquela idéia surgia a partir da sinistra sugestão daquele homem, Hyde, colocada lá com um propósito muito baixo e horrível. Escrito pela mão de Lanyon, o que significaria? Uma enorme curiosidade se apoderou dele; esquecer a proibição e mergulhar de uma vez até ao fundo daqueles mistérios, mas a honra profissional e a fidelidade ao amigo falecido eram obrigações intransponíveis, e o envelope foi lançado no canto mais secreto do seu cofre particular.

Uma coisa era mortificar a curiosidade e outra vencê-la; e duvido que, a partir desse momento, Utterson desejasse a companhia do seu amigo restante, com a mesma ânsia de outrora. Ele pensava nele com afeto, mas seus pensamentos eram inquietos e cheios de temor. Ele foi visitá-lo, mas; muitas vezes, sentiu-se aliviado, quando lhe negavam a entrada; talvez, no mais íntimo de seu coração, preferiu conversar com Poole à soleira da porta, sentindo o ar e os ruídos da cidade ao seu redor, a entrar naquela casa de cativeiro voluntário para se sentar e falar com o seu inescrutável recluso. Poole, na verdade, nada tinha de agradável para lhe contar. Parecia que o doutor se encerrava, cada vez mais, em seu gabinete no laboratório, aonde chegava a dormir algumas noites. Estava desanimado, tornara-se muito silencioso e já não lia; era como se tivesse com algo, sempre presente, em sua mente. Utterson passou a se habituar ao caráter tão invariável dessas notícias que, pouco a pouco, foi diminuindo a freqüência de suas visitas.

54

O Incidente da Janela

Capítulo 7

Incident at the Window

Ocorreu em um domingo, quando Senhor Utterson estava dando sua caminhada habitual com Senhor Enfield, e o caminho acabou mais uma vez levando-os àquela travessa; e quando chegaram diante daquela mesma porta, ambos pararam para admirá-la.

"Bem", disse Enfield, "aquela história chegou ao fim, pelo menos. Acredito que não veremos mais Senhor Hyde".

"Espero que não", disse Utterson. "Eu já lhe contei que uma vez estive diante dele, e sobre a sensação de repulsa que me provocou?"

"Uma coisa era impossível, sem a outra", retornou Enfield. "A propósito, você deve ter pensado que eu era um tolo por não saber que esta era uma entrada dos fundos da casa do Doutor Jekyll! E, de certo modo, eu não o verifiquei antes, por sua culpa".

"Então você também o verificou?", disse Utterson. "Bom, se assim você também fez, nós poderíamos entrar pelo pátio e olhar pelas janelas. Para falar a verdade, ando preocupado com o pobre Jekyll; e, mesmo

It chanced on Sunday, when Mr. Utterson was on his usual walk with Mr. Enfield, that their way lay once again through the by-street; and that when they came in front of the door, both stopped to gaze on it.

"Well," said Enfield, "that story's at an end at least. We shall never see more of Mr. Hyde."

"I hope not," said Utterson. "Did I ever tell you that I once saw him, and shared your feeling of repulsion?"

"It was impossible to do the one without the other," returned Enfield. "And by the way, what an ass you must have thought me, not to know that this was a back way to Dr. Jekyll's! It was partly your own fault that I found it out, even when I did."

"So you found it out, did you?" said Utterson. "But if that be so, we may step into the court and take a look at the windows. To tell you the truth, I am uneasy about poor Jekyll; and even outside, I feel as if the presence of a friend might do him good."

The court was very cool and a little damp, and full of premature twilight, although the sky, high up overhead, was still bright with sunset. The middle one of the three windows was half-way open; and sitting close beside it, taking the air with an infinite sadness of mien, like some disconsolate prisoner, Utterson saw Dr. Jekyll.

"What! Jekyll!" he cried. "I trust you are better."

"I am very low, Utterson," replied the doctor drearily, "very low. It will not last long, thank God."

"You stay too much indoors," said the lawyer. "You should be out, whipping up the circulation like Mr. Enfield and me. (This is my cousin - Mr. Enfield - Dr. Jekyll.) Come now; get your hat and take a quick turn with us."

"You are very good," sighed the other. "I should like to very much; but no, no, no, it is quite impossible; I dare not. But indeed, Utterson, I am very glad to see you; this is really a great pleasure; I would ask you and Mr. Enfield up, but the place is really not fit."

"Why, then," said the lawyer, good-naturedly, "the best thing we can do is to stay down here and speak with you from where we are."

"That is just what I was about to venture to propose," returned the doctor with a smile. But the words were hardly uttered, before the smile was struck

por fora, sinto que a presença de um bom amigo possa lhe fazer bem".

O pátio estava muito frio e um pouco úmido, e mergulhado em um crepúsculo prematuro, embora na parte mais alta do céu ainda brilhasse o Sol poente. Uma das três janelas, a do meio, encontrava-se entreaberta; e, sentado próximo dela, tomando ar com um semblante de infinita melancolia no olhar – como um prisioneiro inconsolável – Utterson viu Doutor Jekyll.

"Ora só! Jekyll!", ele gritou. "Folgo em vê-lo melhor".

"Estou muito mal, Utterson", respondeu o doutor, gravemente, "muito mal. Não devo durar muito e agradeço a Deus por isso".

"Você tem ficado muito dentro de casa", disse o advogado. "Você deve sair, estimulando a circulação como Senhor Enfield e eu – aliás, este é meu primo, Senhor Enfield, Doutor Jekyll. Venha agora; pegue o seu chapéu e dê uma volta rápida conosco".

"Você está muito bem", notou o outro. "Eu gostaria muito, de verdade, mas não, não, não, é praticamente impossível... Eu não ousaria. Mas, de verdade, Utterson, estou muito feliz de vê-lo; é realmente um grande prazer; eu lhe convidaria e ao Senhor Enfield, mas, a casa está, de fato, uma bagunça".

"Nesse caso, então", disse afavelmente o advogado, "o melhor que podemos fazer é permanecermos aqui em baixo e falarmos com você de onde estamos".

"Isto era, exatamente, o que eu iria lhe propor", respondeu o doutor com um sorriso. Mas, assim que estas palavras foram pronunciadas, seu sorriso lhe desapareceu do rosto, sendo substituído por uma expressão abjeta de terror e desespero que lhes gelou o sangue. Aquela visão foi momentânea, porque a janela se fechou, instantaneamente, depois; porém, aquele vislumbre havia sido mais do que suficiente para os dois homens, que deram meia-volta e saíram do pátio, sem dizer uma palavra. Percorreram em silêncio também a viela e, só depois de chegarem a uma vizinhança, tranquila e com poucos sinais de via, mesmo aos domingos, é que Senhor Utterson se virou ao seu companheiro. Ambos estavam pálidos e em seus olhos se viam, estampado, o horror.

"Deus nos perdoe; Deus nos perdoe", disse Senhor Utterson.

Mas Senhor Enfield apenas balançou negativa e seriamente a cabeça; e continuou uma vez mais, caminhando em silêncio.

out of his face and succeeded by an expression of such abject terror and despair, as froze the very blood of the two gentlemen below. They saw it but for a glimpse for the window was instantly thrust down; but that glimpse had been sufficient, and they turned and left the court without a word. In silence, too, they traversed the by-street; and it was not until they had come into a neighbouring thoroughfare, where even upon a Sunday there were still some stirrings of life, that Mr. Utterson at last turned and looked at his companion. They were both pale; and there was an answering horror in their eyes.

"God forgive us, God forgive us," said Mr. Utterson.

But Mr. Enfield only nodded his head very seriously, and walked on once more in silence.

A Última Noite

Capítulo 8

The Last Night

Mr. Utterson was sitting by his fireside one evening after dinner, when he was surprised to receive a visit from Poole.

"Bless me, Poole, what brings you here?" he cried; and then taking a second look at him, "What ails you?" he added; is the doctor ill?"

"Mr. Utterson," said the man, "there is something wrong."

"Take a seat, and here is a glass of wine for you," said the lawyer. "Now, take your time, and tell me plainly what you want."

"You know the doctor's ways, sir," replied Poole, "and how he shuts himself up. Well, he's shut up again in the cabinet; and I don't like it, sir; I wish I may die if I like it. Mr. Utterson, sir, I'm afraid."

"Now, my good man," said the lawyer, "be explicit. What are you afraid of?"

"I've been afraid for about a week," returned

Uma noite, logo após o jantar, Senhor Utterson estava sentando diante de sua lareira, quando foi surpreendido pela visita de Poole.

"Abençoado seja, Poole, o que o traz aqui?", disse ele; e logo depois, olhando novamente para ele, completou, "O que o aflige? O Doutor está doente?"

"Senhor Utterson", disse o homem, "há algo de errado acontecendo".

"Sente-se e tome uma taça de vinho", disse o advogado. "Agora, se acalme e me diga, exatamente, o que você deseja".

"Meu senhor, você já conhece os hábitos do doutor", respondeu Poole, "e como por vezes se isola. Pois bem, voltou a se fechar no gabinete e não estou gostando nada desta vez, meu senhor; e lhe digo que morreria se estivesse mentindo. Tenho medo, meu senhor, tenho medo, Senhor Utterson".

"Mas seja explícito, meu bom homem", disse o advogado. "Está com medo do quê?"

"Já faz algumas semanas que tenho estado assim", respondeu Poole, obstinado,

58

não se importando com a pergunta, "já não agüento mais".

O aspecto do homem corroborava, amplamente, as suas palavras; as suas feições haviam se alterado para pior e à exceção do momento em que declarara o seu terror, não mais olhara o advogado diretamente. Mesmo agora, estava sentado com o copo de vinho sem o provar, apoiando-o no joelho e olhando, diretamente, para um canto da sala. "Não agüento mais", repetiu ele.

"Vamos lá", disse o advogado, "Vejo que você deve ter alguma boa razão para isso, Poole; vejo que algo, realmente sério, está errado. Tente me contar o que está acontecendo".

"Acho que houve traição ali", afirmou Poole com rouquidão.

"Traição?", disse o advogado com um grito, bastante sobressaltado e, consequentemente, muito inclinado à irritação. "Que tipo de traição? O que quer dizer com isso, homem?"

"Não ouso dizer, meu senhor", foi sua resposta; "O senhor não viria comigo e verificaria por si mesmo?"

A única resposta do Senhor Utterson foi se levantar, de imediato, e apanhar seu chapéu e seu sobretudo; ainda assim, ele pode observar a grande sensação de alívio que se apoderou da face do mordomo, mesmo não tendo provado o vinho ainda, quando deixou o copo para lhe acompanhar.

Era uma noite fria e deserta, bem própria das noites de março, com uma lua pálida, como quem não desejava se mostrar, se escondendo atrás do vento que a tornava

Poole, doggedly disregarding the question, "and I can bear it no more."

The man's appearance amply bore out his words; his manner was altered for the worse; and except for the moment when he had first announced his terror, he had not once looked the lawyer in the face. Even now, he sat with the glass of wine untasted on his knee, and his eyes directed to a corner of the floor. "I can bear it no more," he repeated.

"Come," said the lawyer, "I see you have some good reason, Poole; I see there is something seriously amiss. Try to tell me what it is."

"I think there's been foul play," said Poole, hoarsely.

"Foul play!" cried the lawyer, a good deal frightened and rather inclined to be irritated in consequence. "What foul play! What does the man mean?"

"I daren't say, sir," was the answer; but will you come along with me and see for yourself?"

Mr. Utterson's only answer was to rise and get his hat and greatcoat; but he observed with wonder the greatness of the relief that appeared upon the butler's face, and perhaps with no less, that the wine was still untasted when he set it down to follow.

It was a wild, cold, seasonable night of March, with a pale moon, lying on her back as though the wind had tilted her, and flying wrack of the most diaphanous and lawny texture. The wind made talking difficult, and flecked the blood into the face. It seemed to have swept the streets unusually bare of passengers, besides; for Mr. Utterson thought he had never seen that part of London so deserted. He could have wished it otherwise; never in his life had he been conscious of so sharp a wish to see and touch his fellow-creatures; for struggle as he might, there was borne in upon his mind a crushing anticipation of calamity. The square, when they got there, was full of wind and dust, and the thin trees in the garden were lashing themselves along the railing. Poole, who had kept all the way a pace or two ahead, now pulled up in the middle of the pavement, and in spite of the biting weather, took off his hat and mopped his brow with a red pocket-handkerchief. But for all the hurry of his coming, these were not the dews of exertion that he wiped away, but the moisture of some strangling anguish; for his face was white and his voice, when he spoke, harsh and broken.

"Well, sir," he said, "here we are, and God grant there be nothing wrong."

"Amen, Poole," said the lawyer.

Thereupon the servant knocked in a very guarded manner; the door was opened on the chain; and a voice asked from within, "Is that you, Poole?"

"It's all right," said Poole. "Open the door."

mais diáfana e com uma textura arenosa. O próprio vento tornava tudo mais difícil, congelando o sangue no rosto. Parecia varrer as ruas, insolitamente, vazias de pedestres, a ponto de o Senhor Utterson pensar que jamais tinha visto parte de Londres tão deserta como aquela. Nunca, em sua vida, ele estava tão consciente de seu desejo de ver e tocar em seus semelhantes; e esse desejo não lhe saía da mente; e, embora lutasse, ao máximo, para superar esse temor, havia um pressentimento, assustador, de calamidade que pairava sobre a sua mente. A praça, quando eles chegaram lá, estava era só poeira e vento, e as magras árvores do jardim se curvavam como varas. Poole, que havia se mantido, ao longo do caminho, um passo ou dois de distância à frente, agora permanecia estático, no meio do calçamento, e apesar do frio cortante, tirou o seu chapéu e enxugou sua testa com um lenço de bolso vermelho. Aquelas gotas de suor não eram consequência do esforço, nem sequer da pressa da caminhada, antes, da umidade de alguma angústia sufocante, pois seu rosto estava pálido e sua voz, quando falava, estava áspera e entrecortada.

"Bem, meu senhor", disse ele, "aqui estamos nós, e Deus queira que nada de errado tenha acontecido".

"Amém, Poole", disse o advogado.

Logo em seguida, o criado bateu na porta, muito gentilmente; a porta estava aberta, fechada apenas pela corrente; e uma voz vinda de dentro perguntou, "É você, Poole?"

"Está tudo bem", disse Poole. "Abra a porta".

Quando entraram, encontraram a sala, totalmente iluminada, com a lareira acesa e a totalidade dos criados, homens e mulheres, apinhados como um rebanho de carneiros. Ao ver o Senhor Utterson, a camareira rompeu em um choro histérico e a cozinheira correu com os braços estendidos, como que para abraçá-lo, aos gritos de "Deus seja louvado! É o Senhor Utterson".

"Mas o que é tudo isso? Por que todos estão aqui?", disse o advogado, nervosamente. "Isso é muito irregular, muito inadequado; acredito que isto não deve agradar ao vosso patrão".

"Eles todos estão com medo", disse Poole.

Um longo silêncio se seguiu, e ninguém protestou; somente se ouvia a voz da criada, que agora chorava com mais força.

"Fique quieta!", disse Poole, com uma ferocidade que demonstrava o seu próprio nervosismo; e quando a garota começou, de repente, a aumentar o tom de sua lamentação, toda a criadagem começou a se entreolhar e a encarar a porta de acesso interno, com os rostos tomados por uma expectativa mortal. "E agora", continuou o mordomo, dirigindo-se para o copeiro, "traga-me uma vela, e acabemos de uma vez por todas com este assunto". E pedindo para Senhor Utterson o acompanhar, saiu em direção ao jardim dos fundos.

"Agora, meu senhor", disse ele, "siga-me, o mais silenciosamente que puder. Desejo que o senhor escute, mas sem ser ouvido. E mais uma coisa, meu senhor: se, por acaso, ele lhe pedir que entre, não lhe obedeça".

The hall, when they entered it, was brightly lighted up; the fire was built high; and about the hearth the whole of the servants, men and women, stood huddled together like a flock of sheep. At the sight of Mr. Utterson, the housemaid broke into hysterical whimpering; and the cook, crying out "Bless God! it's Mr. Utterson," ran forward as if to take him in her arms.

"What, what? Are you all here?" said the lawyer peevishly. "Very irregular, very unseemly; your master would be far from pleased."

"They're all afraid," said Poole.

Blank silence followed, no one protesting; only the maid lifted her voice and now wept loudly.

"Hold your tongue!" Poole said to her, with a ferocity of accent that testified to his own jangled nerves; and indeed, when the girl had so suddenly raised the note of her lamentation, they had all started and turned towards the inner door with faces of dreadful expectation. "And now," continued the butler, addressing the knife-boy, "reach me a candle, and we'll get this through hands at once." And then he begged Mr. Utterson to follow him, and led the way to the back garden.

"Now, sir," said he, "you come as gently as you can. I want you to hear, and I don't want you to be heard. And see here, sir, if by any chance he was to ask you in, don't go."

Mr. Utterson's nerves, at this unlooked - for termination, gave a jerk that nearly threw him from his balance; but he recollected his courage and followed the butler into the laboratory building through the surgical theatre, with its lumber of crates and bottles, to the foot of the stair. Here Poole motioned him to stand on one side and listen; while he himself, setting down the candle and making a great and obvious call on his resolution, mounted the steps and knocked with a somewhat uncertain hand on the red baize of the cabinet door.

"Mr. Utterson, sir, asking to see you," he called; and even as he did so, once more violently signed to the lawyer to give ear.

A voice answered from within: "Tell him I cannot see anyone," it said complainingly.

"Thank you, sir," said Poole, with a note of something like triumph in his voice; and taking up his candle, he led Mr. Utterson back across the yard and into the great kitchen, where the fire was out and the beetles were leaping on the floor.

"Sir," he said, looking Mr. Utterson in the eyes, "Was that my master's voice?"

"It seems much changed," replied the lawyer, very pale, but giving look for look.

"Changed? Well, yes, I think so," said the butler. "Have I been twenty years in this man's house, to be deceived about his

Assim que ouviu essa determinação, os nervos do Senhor Utterson se abalaram tanto que o mesmo chegou a perder o equilíbrio; mas, ele recobrou sua coragem e seguiu o mordomo até as instalações do laboratório, por meio do auditório cirúrgico, com suas estantes de utensílios e garrafas, até ao pé da escada. Ali Poole lhe solicitou que aguardasse, um pouco ao lado, e que escutasse, enquanto que, ele mesmo, colocando sua vela de lado e deixando evidente o grande e óbvio esforço de sua decisão, lançou-se aos degraus e bateu hesitante sobre a porta acolchoada e vermelha do gabinete.

"Meu senhor, Senhor Utterson deseja lhe ver", disse ele, e assim que o fez, mais uma vez fez sinais, veementes, para que o advogado ouvisse com atenção.

Uma voz queixosa respondeu de dentro, "Diga-lhe que não desejo ver ninguém".

"Obrigado, meu senhor", disse Poole, com um certo ar de triunfo em sua voz e tomando, novamente, a vela, levou Senhor Utterson de volta à grande cozinha, através do pátio, onde a lareira já se encontrava apagada e os insetos corriam pelo chão.

"Meu senhor", disse ele, olhando Senhor Utterson, diretamente, nos olhos, "aquela era a voz do patrão?"

"Parecia muito mudada", respondeu o advogado, muito abatido, mas sem que sua vista se desviasse.

"Mudada? Bem, sim, assim também eu pensei", disse o mordomo. "Mas, depois de ter servido, nesta casa, por mais de vinte anos, eu poderia me enganar a respeito de sua voz? Não, meu senhor; mataram-no! Mataram-no, há oito dias, quando o ouvimos invocar, aos gritos, o nome de Deus e quem está lá dentro, em seu lugar, e porque lá permanece é algo que só Deus pode nos responder, Senhor Utterson".

"Esta é uma história muito estranha, Poole; de fato, é uma história muito estranha, meu caro", disse Senhor Utterson, mordendo um de seus dedos. "Suponhamos, realmente, o que você supõe, acreditando-se que Dr Jekyll, estando bem, tenha sido assassinado; por que o assassino permaneceria lá? Isso não parece certo; não possui a mínima lógica!".

"Bem, Senhor Utterson, o senhor é um homem difícil de satisfazer, apesar de tudo, tentarei", disse Poole. "Pois saiba, senhor, que durante toda a última semana, ele, aquilo, ou o que seja que lá permanece dentro do gabinete, esteve gritando, noite e dia, por algum tipo de medicamento que não tinha acesso. Era costume, por vezes, ele – quer dizer, o patrão – deixar ordens escritas, em folhas de papel, sobre os degraus da escada. Nós nada recebemos de uma semana para cá, além de papéis e uma porta fechada, e mesmo as refeições deixadas lá eram retiradas, apenas quando ninguém estava olhando. Bem, meu senhor, a cada dia, sim, e até duas ou três vezes no mesmo dia, surgiam inúmeras ordens e exigências, e eu mesmo me dirigi a todos os boticários da cidade. Cada vez que retornava com as encomendas, lá se encontrava outro papel, pedindo-me que devolvesse a anterior, por não ser pura o suficiente, e junto com outro pedido para um diferente fornecedor. Seja lá o que for, meu

voice? No, sir; master's made away with; he was made away with eight days ago, when we heard him cry out upon the name of God; and who's in there instead of him, and why it stays there, is a thing that cries to Heaven, Mr. Utterson!"

"This is a very strange tale, Poole; this is rather a wild tale my man," said Mr. Utterson, biting his finger. "Suppose it were as you suppose, supposing Dr. Jekyll to have been—well, murdered what could induce the murderer to stay? That won't hold water; it doesn't commend itself to reason."

"Well, Mr. Utterson, you are a hard man to satisfy, but I'll do it yet," said Poole. "All this last week (you must know) him, or it, whatever it is that lives in that cabinet, has been crying night and day for some sort of medicine and cannot get it to his mind. It was sometimes his way – the master's, that is – to write his orders on a sheet of paper and throw it on the stair. We've had nothing else this week back; nothing but papers, and a closed door, and the very meals left there to be smuggled in when nobody was look-ing. Well, sir, very day, ay, and twice and thrice in the same day, there have been orders and complaints, and I have been sent flying to all the wholesale chemists in town. Every time I brought the stuff back, there would be another paper telling me to return it, because it was not pure, and another order to a different firm. This drug is wanted bitter bad, sir, whatever for."

"Have you any of these papers?" asked Mr. Utterson.

Poole felt in his pocket and handed out a crumpled note, which the lawyer, bending nearer to the candle, carefully examined.Its contents ran thus: "Dr. Jekyll presents his compliments to Messrs. Maw. He assures them that their last sample is impure and quite useless for his present purpose. In the year 18..., Dr. J. purchased a somewhat large quantity from Messrs. M. He now begs them to search with most sedulous care,and should any of the same quality be left, forward it to him at once. Expense is no consideration.The importance of this to Dr. J. can hardly be exaggerated." So far the letter had run composedly enough, but here with a sudden splutter of the pen, the writer's emotion had broken loose. "For God's sake," he added, "find me some of the old."

"This is a strange note," said Mr. Utterson; and then sharply, "How do you come to have it open?"

"The man at Maw's was main angry, sir, and he threw it back to me like so much dirt," returned Poole.

"This is unquestionably the doctor's hand, do you know?" resumed the lawyer.

"I thought it looked like it," said the servant rather sulkily; and then, with

senhor, esta droga está sendo, desesperadamente, necessária".

"Você ainda possui algum desses papéis?", perguntou Senhor Utterson.

Poole enfiou as mãos nos bolsos e sacou de lá uma nota amarrotada, que foi examinada cuidadosamente pelo advogado, aproximando-a da vela. Seu conteúdo era o seguinte: "Doutor Jekyll apresenta os seus cumprimentos aos Senhores Maw. Ele assegura-lhes que sua última remessa é impura e, deste modo, inútil para o seu presente propósito. No ano de 18..., Doutor J. adquiriu uma grande quantidade da mesma dos Senhores Maw. Ele, agora, lhes solicita que busquem, com o maior zelo possível, e, mesmo, verificando se ainda há alguma amostra da anterior, da mesma qualidade. Os custos envolvidos não são problema. Não é um exagero a importância disto para Doutor J.". Até este trecho, a carta estava escrita, com bastante calma; mas, repentinamente, aqui, surgia uma alteração completa da letra, como se o estado emocional do autor tivesse se perdido, por completo. "Pelo amor de Deus", continuava ele, "encontre-me um pouco da amostra antiga".

"Isto é uma nota muito estranha", disse Senhor Utterson; e logo após completou: "Como ela lhe chegou às mãos aberta?"

"O funcionário da Maw ficou muito irritado, meu senhor, e me atirou de volta como se ela fosse algo imundo", respondeu Poole.

"Esta é, indiscutivelmente, a letra do doutor, não é mesmo?", prosseguiu o advogado.

"Acredito que se pareça com ela, pelo menos", disse o criado, meio irritado; e continuando, acrescentou com outro tom na voz, "Mas, o que importa a mão que escreve?", disse ele. "Eu o vi!"

"Você o viu?", repetiu Senhor Utterson. "Estava bem?"

"Com certeza!", disse Poole. "Foi assim. Eu cheguei ao auditório de repente, vindo do jardim. Parecia que ele havia saído para procurar por esta droga ou algo parecido, pois a porta do gabinete estava aberta e ele se encontrava no fundo da sala, remexendo em alguns caixotes de embalagens. Ele se assustou, quando eu cheguei, dando uma espécie de grito, e subiu correndo as escadas, até ao gabinete. Eu o vi, por não mais que um minuto, mas o suficiente para deixar-me com os cabelos em pé, como os de um porco-espinho. Meu senhor, se aquele era o meu patrão, por que ele estaria usando uma máscara sobre o rosto? Se aquele era o meu patrão, por quê ele guinchou, como um rato, e fugiu de mim? Eu lhe servi por tanto tempo... e assim..."

O homem parou de falar e passou a mão sobre o rosto.

"Todas essas circunstâncias são muito estranhas", disse Senhor Utterson, "mas acredito que estou começando a ver uma certa luz, em tudo isso. Seu patrão, Poole, certamente está acometido por uma dessas moléstias que deformam e torturam a aparência; daí, suponho eu, a alteração de sua voz, bem como a máscara e o evitar da presença de seus amigos; ainda mais a sua ânsia em arranjar esse medicamento, por meio do qual a pobre alma mantém, ainda, alguma esperança de uma última recuperação... Deus permita que eu esteja enganado! Essa é a minha explicação; bastante triste, sim, Poole, mas muito

another voice, "But what matters hand of write?" he said. "I've seen him!"

"Seen him?" repeated Mr. Utterson."Well?"

"That's it!" said Poole. "It was this way. I came suddenly into the theater from the garden. It seems he had slipped out to look for this drug or whatever it is; for the cabinet door was open, and there he was at the far end of the room digging among the crates. He looked up when I came in, gave a kind of cry, and whipped upstairs into the cabinet. It was but for one minute that I saw him, but the hair stood upon my head like quills. Sir, if that was my master, why had he a mask upon his face? If it was my master, why did he cry out like a rat, and run from me? I have served him long enough. And then..."

The man paused and passed his hand over his face.

"These are all very strange circumstances," said Mr. Utterson, "but I think I begin to see daylight. Your master, Poole, is plainly seized with one of those maladies that both torture and deform the sufferer; hence, for aught I know, the alteration of his voice; hence the mask and the avoidance of his friends; hence his eagerness to find this drug, by means of which the poor soul retains some hope of ultimate recovery... God grant that he be not deceived! There is my explanation; it is sad enough, Poole, ay, and appalling to consider; but it is plain and natural, hangs well together, and delivers us from all exorbitant alarms."

"Sir," said the butler, turning to a sort of mottled pallor, "that thing was not my master, and there's the truth. My master" - here he looked round him and began to whisper - "is a tall, fine build of a man, and this was more of a dwarf."

Utterson attempted to protest.

"O, sir," cried Poole, "do you think I do not know my master after twenty years? Do you think I do not know where his head comes to in the cabinet door, where I saw him every morning of my life? No, sir, that thing in the mask was never Dr. Jekyll. God knows what it was, but it was never Dr. Jekyll; and it is the belief of my heart that there was murder done."

"Poole," replied the lawyer, "if you say that, it will become my duty to make certain. Much as I desire to spare your master's feelings, much as I am puzzled by this note which seems to prove him to be still alive, I shall consider it my duty to break in that door."

"Ah, Mr. Utterson, that's talking!" cried the butler.

"And now comes the second question," resumed Utterson: "Who is going to do it?"

"Why, you and me, sir," was the undaunted reply.

"That's very well said," returned the lawyer; "and whatever comes of it, I

evidente e lógica; encaixa-se, perfeitamente, com os fatos e liberta-nos de todos os temores exagerados".

"Meu senhor", disse o mordomo, acometido por uma palidez intensa, "esta coisa não era o meu patrão, e essa sim é a verdade. O meu patrão" – nesse ponto ele olhou ao redor e começou a sussurrar – "é alto, um homem de boa compleição, e aquele outro era um pouco maior que um anão".

Utterson tentou protestar.

"Oh, meu senhor", disse Poole, "o senhor acredita que eu não conheço o meu patrão, depois de vinte anos? O senhor acredita que não sei a que altura da porta do gabinete fica a cabeça dele, tendo-o visto ali todas as manhãs da minha vida? Não, meu senhor, aquele ser mascarado nunca poderia ser Doutor Jekyll. Só Deus sabe o que aquilo era, mas nunca Doutor Jekyll; e acredito de todo o meu coração que houve um assassinato lá".

"Poole", respondeu o advogado, "se você assim diz, é meu dever averiguar com certeza tudo isso. Por mais que eu deseje não ferir os sentimentos do seu patrão, por mais perplexo que esteja com esta carta, que parece provar que ele ainda encontra-se vivo, considero que o meu dever é forçar aquela porta".

"Ah, Senhor Utterson, é assim que se fala!", exclamou o mordomo.

"E agora surge uma segunda questão", continuou Utterson, "Quem o irá fazê-lo?"

"Por que não eu e o senhor, meu patrão", foi sua resposta destemida.

"Muito bem, então", respondeu o advogado. "Ocorra o que ocorrer, asseguro-lhe que você não sairá prejudicado com tudo isto".

"Há um machado, no auditório", continuou Poole; "e o senhor pode levar o atiçador da cozinha consigo".

O advogado pegou aquele instrumento pesado e grosseiro e o agitou. "Você sabe, Poole", disse ele encarando-o, "que tanto você quanto eu estamos nos colocando em uma posição de extremo perigo?"

"De fato, meu senhor, podemos dizer que sim", respondeu o mordomo.

"Está bem, sejamos francos então", disse o outro. "Nós dois consideramos algo que não ousamos dizer; e é melhor deixarmos as coisas, completamente, claras. Esta figura mascarada que você viu, você a reconheceu?"

"Bem, meu senhor, foi tudo tão rápido, e a criatura se esquivou, tão rapidamente, que dificilmente poderia dizer-lhe que sim", foi sua resposta. "Mas, se o senhor quer sugerir que foi o Senhor Hyde... sim, porque não, acredito que foi! Veja, ambos são do mesmo tamanho, e tinham a mesma agilidade, bem como a mesma rapidez; e quem mais teria acesso à porta do laboratório? Não se esqueça, meu senhor, que à época daquele assassinato ele, ainda, mantinha a chave com ele. Mas isso não é tudo. Não sei, Senhor Utterson, se o senhor chegou a se encontrar com este Senhor Hyde?"

"Sim", disse o advogado. "Numa ocasião, falei com ele".

"Então o senhor deve saber muito bem, assim como todos nós, que havia algo de estranho com aquele cavalheiro... algo estranho que dava ao homem... não sei bem

shall make it my business to see you are no loser."

"There is an axe in the theatre," continued Poole; "and you might take the kitchen poker for yourself."

The lawyer took that rude but weighty instrument into his hand, and balanced it. "Do you know, Poole," he said, looking up, "that you and I are about to place ourselves in a position of some peril?"

"You may say so, sir, indeed," returned the butler.

"It is well, then that we should be frank," said the other. "We both think more than we have said; let us make a clean breast. This masked figure that you saw, did you recognise it?"

"Well, sir, it went so quick, and the creature was so doubled up, that I could hardly swear to that," was the answer. "But if you mean, was it Mr. Hyde... why, yes, I think it was!" You see, it was much of the same bigness; and it had the same quick, light way with it; and then who else could have got in by the laboratory door? You have not forgot, sir, that at the time of the murder he had still the key with him? But that's not all. I don't know, Mr. Utterson, if you ever met this Mr. Hyde?"

"Yes," said the lawyer, "I once spoke with him."

"Then you must know as well as the rest of us that there was something queer about that gentle-man... something that gave a man a turn... I don't know rightly how to say it, sir, beyond this: that you felt in your marrow kind of cold and thin."

"I own I felt something of what you describe," said Mr.Utterson.

"Quite so, sir," returned Poole. "Well, when that masked thing like a monkey jumped from among the chemicals and whipped into the cabinet, it went down my spine like ice. O, I know it's not evidence, Mr. Utterson; I'm book-learned enough for that; but a man has his feelings, and I give you my bible-word it was Mr. Hyde!"

"Ay, ay," said the lawyer. "My fears incline to the same point. Evil, I fear, founded — evil was sure to come — of that connection. Ay truly, I believe you; I believe poor Harry is killed; and I believe his murderer (for what purpose, God alone can tell) is still lurking in his victim's room. Well, let our name be vengeance. Call Bradshaw."

The footman came at the summons, very white and nervous.

"Put yourself together, Bradshaw," said the lawyer. "This suspense, I know, is telling upon all of you; but it is now our intention to make an end of it. Poole, here, and I are going to force our way into the cabinet. If all is well, my shoulders are broad enough to bear the blame. Meanwhile, lest anything should really be amiss, or any malefactor seek to escape by the back, you and the boy must go round the corner with a pair of good

como poderia dizer apropriadamente, meu senhor, algo mais que isto, algo que nos fazia sentir um arrepio cortante".

"Eu mesmo senti algo semelhante com o que você descreveu", disse Senhor Utterson.

"Exatamente, meu senhor", respondeu Poole. "Quando aquele ser mascarado pulou como um macaco dentre os apetrechos químicos e disparou em direção ao gabinete, senti minha espinha congelar. Oh, sei bem que não há provas para isso, Senhor Utterson; não sou letrado o suficiente para isso, mas aquele homem transmitia esse sentimento, e dou-lhe minha palavra de honra, aquele era o Senhor Hyde!".

"Sim, sim", disse o advogado. "Meus temores seguem para o mesmo ponto. Receio que nada de bom pode resultar disso... dessa relação. Sim, é isso que penso, verdadeiramente. Acredito que o pobre Harry foi morto e o seu assassino (só Deus pode nos dizer os seus propósitos) ainda se encontra escondido nos aposentos de sua vítima. Pois bem, que o nosso nome seja vingança. Chame Bradshaw".

O lacaio correu à convocação, muito pálido e nervoso.

"Mantenha-se junto de nós, Bradshaw", disse o advogado. "Este suspense, bem sei, está nos abalando a todos; mas, agora, é a nossa intenção pôr um fim definitivo a tudo isso. Poole, venha aqui; eu forçarei o caminho até ao gabinete. Se tudo for como pensamos, meus ombros serão largos, o suficiente, para bloquear o batente. Enquanto isso, se algo, por acaso, não sair como planejamento, ou se algum malfeitor procurar escapar pelos fundos, você e o rapaz devem dar a volta pela esquina, com um par de bastões e se colocarem à porta do laboratório. Nós temos dez minutos para chegarmos em nossos postos".

Assim que Bradshaw saiu, o advogado olhou para o seu relógio. "E agora, Poole, vamos para o nosso", disse ele; e tomando o atiçador em suas mãos, se dirigiu para o caminho do pátio. As nuvens se colocaram sobre a lua, o que tornou a noite, completamente, escura. A brisa, que penetrava nos espaços daquele edi-fício que se assemelhavam a um poço escuro, fazia oscilar a cada momento a luz do castiçal, até chegarem ao abrigo do auditório, em cujo interior se sentaram, silenciosamente, espe-rando. Londres fervia, solenemente, por todos os lados, mas, ali dentro, o silêncio da noite só era interrompido pelo som dos passos que iam e vinham, ao longo do piso do gabinete.

"Ele fica andando, assim, por todo dia, meu senhor", sussurrou Poole; "sim, e também boa parte da noite. Somente quando chegam algumas amostras do boticário, há uma interrupção. Ah, a má consciência dele é um verdadeiro inimigo ao seu descanso! E, meu senhor, em cada um de seus passos há sangue derramado! Mas, ouça novamente, aproxime-se um pouco mais e apure os ouvidos, Senhor Utterson, e diga-me: é assim que o doutor anda?"

Os passos pareciam ligeiros e estranhos, com uma certa cadência, dando-lhes um jogo lento; eram, de fato, muito diferentes do andar forte e ruidoso de Henry Jekyll. Utterson suspirou. "Há algo mais, além disso?", ele perguntou.

Poole meneou a cabeça. "Uma vez", disse ele, "uma vez eu o ouvir chorar!"

sticks and take your post at the laboratory door. We give you ten minutes, to get to your stations."

As Bradshaw left, the lawyer looked at his watch. "And now, Poole, let us get to ours," he said; and taking the poker under his arm, led the way into the yard. The scud had banked over the moon, and it was now quite dark. The wind, which only broke in puffs and draughts into that deep well of building, tossed the light of the candle to and fro about their steps, until they came into the shelter of the theatre, where they sat down silently to wait. London hummed solemnly all around; but nearer at hand, the stillness was only broken by the sounds of a footfall moving to and fro along the cabinet floor.

"So it will walk all day, sir," whispered Poole; "ay, and the better part of the night. Only when a new sample comes from the chemist, there's a bit of a break. Ah, it's an ill con-science that's such an enemy to rest! Ah, sir, there's blood foully shed in every step of it! But hark again, a little closer — put your heart in your ears, Mr. Utterson, and tell me, is that the doctor's foot?"

The steps fell lightly and oddly, with a certain swing, for all they went so slowly; it was different indeed from the heavy creaking tread of Henry Jekyll. Utterson sighed. "Is there never anything else?" he asked.

Poole nodded. "Once," he said. "Once I heard it weeping!"

"Weeping? how that?" said the lawyer, conscious of a sudden chill of horror.

"Weeping like a woman or a lost soul," said the butler. "I came away with that upon my heart, that I could have wept too."

But now the ten minutes drew to an end. Poole disinterred the axe from under a stack of packing straw; the candle was set upon the nearest table to light them to the attack; and they drew near with bated breath to where that patient foot was still going up and down, up and down, in the quiet of the night.

"Jekyll," cried Utterson, with a loud voice, "I demand to see you." He paused a moment, but there came no reply. "I give you fair warning, our suspicions are aroused, and I must and shall see you," he resumed; "if not by fair means, then by foul; if not of your consent, then by brute force!"

"Utterson," said the voice, "for God's sake, have mercy!"

"Ah, that's not Jekyll's voice... it's Hyde's!" cried Utterson. "Down with the door, Poole!"

Poole swung the axe over his shoulder; the blow shook the building, and the red baize door leaped against the lock and hinges. A dismal screech, as of mere animal terror, rang from the cabinet. Up went the axe again, and again the panels crashed and the frame bounded; four times the blow fell; but the wood was tough and the fittings were

"Chorar? Mas, por quê?", disse o advogado, consciente de tal arrepio de horror.

"Chorava como uma mulher ou uma alma penada", disse o mordomo. "Saí de lá tão abalado, que quase comecei a chorar, também".

Os dez minutos de prazo chegaram ao fim, já. Poole desenterrou o machado que se encontrava debaixo de um monte de palha; colocou o castiçal na mesa mais próxima para os iluminar, durante o ataque e, contendo a respiração, aproximaram-se do local onde ainda se ouviam os passos doentios em um ir e vir, constantes, dentro do silêncio da noite.

"Jekyll", gritou Utterson, erguendo a voz, "Exijo vê-lo". Ele parou um momento, mas não houve qualquer resposta. "Eu lhe dou um ultimato justo, nossas suspeitas estão crescendo, e eu devo e desejo vê-lo", e prosseguiu, "se não pelos meios corretos, então, pelos tortos; se não for de seu consentimento, então será por força bruta!"

"Utterson", disse a voz, "pelo amor de Deus, tenha misericórdia!"

"Ah, esta não é a voz de Jekyll... é a voz de Hyde!", gritou Utterson. "Derrubemos a porta, Poole!"

Poole agitou o machado sobre o seu ombro; o golpe agitou todo o edifício e a almofada vermelha da porta saltou da tranca e das dobradiças. Um triste lamento, como o de um animal aterrorizado, ecoou, vindo do gabinete. Uma e outra vez, o machado se levantou, atingindo os painéis de madeira e fazendo erguer o caixilho; por quatro vezes, o golpe foi dado, mas a madeira era sólida e a montagem, de excelente manufatura;

somente ao quinto golpe é que a fechadura se saltou e, então, os restos estilhaçados da porta tombaram, no interior do aposento sobre o tapete.

Os atacantes, apavorados pela própria ação e pelo silêncio que lhe sucedeu, recuaram um pouco e olharam para dentro. O gabinete estava iluminado pela suave luz de uma lâmpada; um fogo vivo ardia e crepitava na lareira, a chaleira ainda silvava; uma ou duas caixas abertas; papéis dispostos com cuidado sobre a escrivaninha e, junto ao fogo, os preparativos para tomar chá; era o mais tranqüilo dos aposentos e, não fossem os armários de vidro cheios de produtos químicos, o mais comum dos lugares naquela noite londrina.

Bem no centro do aposento, jazia o corpo de um homem ainda se contorcendo e se debatendo. Aproximaram-se, com cuidado, viraram-lhe de costas e puderam ver o rosto de Edward Hyde. Ele estava vestido com roupas muito maiores que o seu tamanho, roupas do tamanho das do doutor; os traços de seu rosto ainda se moviam, como se mantivessem um resquício de vida, mas a vida já não se encontrava ali; e pelo frasco quebrado em sua mão e o forte cheiro de amêndoas que tomava conta do ar, Utterson sabia que estava olhando para um corpo autodestruído.

"Chegamos muito tarde", disse ele, seriamente, "tanto para salvar quanto para punir. Hyde está a caminho de sua prestação de contas e só nos resta encontrar o corpo de seu patrão".

A maior parte do edifício era ocupada pelo auditório, que preenchia,

of excellent workmanship; and it was not until the fifth, that the lock burst and the wreck of the door fell inwards on the carpet.

The besiegers, appalled by their own riot and the stillness that had succeeded, stood back a little and peered in. There lay the cabinet before their eyes in the quiet lamplight, a good fire glowing and chattering on the hearth, the kettle singing its thin strain, a drawer or two open, papers neatly set forth on the business table, and nearer the fire, the things laid out for tea; the quietest room, you would have said, and, but for the glazed presses full of chemicals, the most commonplace that night in London.

Right in the middle there lay the body of a man sorely contorted and still twitching. They drew near on tiptoe, turned it on its back and beheld the face of Edward Hyde. He was dressed in clothes far to large for him, clothes of the doctor's bigness; the cords of his face still moved with a semblance of life, but life was quite gone: and by the crushed phial in the hand and the strong smell of kernels that hung upon the air, Utterson knew that he was looking on the body of a self-destroyer.

"We have come too late," he said sternly, "whether to save or punish. Hyde is gone to his account; and it only remains for us to find the body of your master."

The far greater proportion of the building was occupied by the theatre, which filled almost the whole ground storey and was lighted from above, and by the cabinet, which formed an upper story at one end and looked upon the court. A corridor joined the theatre to the door on the by-street; and with this the cabinet communicated separately by a second flight of stairs. There were besides a few dark closets and a spacious cellar. All these they now thoroughly examined. Each closet needed but a glance, for all were empty, and all, by the dust that fell from their doors, had stood long unopen-ed. The cellar, indeed, was filled with crazy lumber, mostly dating from the times of the surgeon who was Jekyll's predecessor; but even as they opened the door they were advertised of the uselessness of further search, by the fall of a perfect mat of cobweb which had for years sealed up the entrance. No where was there any trace of Henry Jekyll dead or alive.

Poole stamped on the flags of the corridor. "He must be buried here," he said, hearkening to the sound.

"Or he may have fled," said Utterson, and he turned to examine the door in the by-street. It was locked; and lying near by on the flags, they found the key, already stained with rust.

"This does not look like use," observed the lawyer.

"Use!" echoed Poole. "Do you not see, sir, it is broken? much as if a man had stamped on it."

praticamente, todo o pavimento térreo e era iluminada pelo alto, e pelo gabinete, que formava um pavimento superior de um dos lados e se voltava para o pátio. Um corredor ligava o auditório à porta da viela; e com este o gabinete se comunicava, separadamente, por um segundo lance de escadas. Havia, lateralmente, alguns armários escuros e um porão espaçoso. Todos esses foram examinados, atentamente, por eles. Cada um dos armários só precisou de uma rápida vista de olhos, porque estavam vazios e, a julgar pelo pó que caía das suas portas, havia muito tempo que não eram abertos. O porão estava abarrotado de trastes velhos, em sua maior parte; do tempo do cirurgião que antecedera a Jekyll; mas, assim que abriram a porta, eles foram alertados pela inutilidade de continuar a sua busca, pois surgiu uma teia de aranha enorme e emaranhada que durante muitos anos havia sido tecida à entrada. Em nenhum lado se via qualquer traço de Henry Jekyll, morto ou vivo.

Poole bateu com os pés no piso do corredor. "Ele deve estar enterrado aqui", disse ele, prestando atenção ao som que se produzia.

"Ou ele pode ter escapado", disse Utterson, e se voltou para examinar a porta, de frente para a viela. Estava trancada; e junto de um de seus batentes, eles encontraram a chave, já manchada com ferrugem.

"Não parece que tenha sido usada", observou o advogado.

"Usada!", repetiu Poole. "Não vê, meu senhor, que está partida? Como se alguém a tivesse pisado?".

"Sim", continuou Utterson, "e as fraturas também estão enferrujadas". Os dois homens se entreolharam, espantados. "Tudo isso está além da minha compreensão, Poole", disse o advogado. "Vamos voltar ao gabinete".

Eles subiram as escadas em silêncio, e não sem lançarem, de vez em quando um olhar ocasional ao cadáver, continuaram a examinar, mais atentamente, os conteúdos do gabinete. Em uma das mesas, sinais de trabalhos químicos, várias quantidades medidas de algum sal embranquecido, colocados ao lado de pratos de vidro, como que para algum experimento que o infeliz homem tivesse sido impedido de realizar.

"É esta a droga que sempre trazia para ele", disse Poole; e assim que disse isto, a chaleira começou a apitar, indicando a água fervida. Isto os atraiu em direção à lareira, onde uma poltrona fora colocada perto do fogo e o serviço do chá, disposto e preparado perto de um dos seus braços, com açúcar, na xícara. Em uma prateleira, havia alguns livros, mas um deles estava aberto ao lado dos apetrechos para o chá, e Utterson ficou maravilhado ao descobrir se tratar de uma obra piedosa, pela qual, por várias vezes, Jekyll havia manifestado possuir grande estima e que se encontrava, agora, cheia de anotações blasfemas, escritas pelo seu próprio punho.

Em seguida, prosseguindo a busca pelos aposentos, os dois homens pararam diante de um espelho de corpo inteiro e ao olharem para ele, viram refletidos um horror involuntário. Mas, marcado pelo resplendor rosado do fogo, que dançava no teto e nas chamas cem vezes repetidas pelos vidros das

"Ay," continued Utterson, "and the fractures, too, are rusty." The two men looked at each other with a scare. "This is beyond me, Poole," said the lawyer. "Let us go back to the cabinet."

They mounted the stair in silence, and still with an occasional awestruck glance at the dead body, proceeded more thoroughly to examine the contents of the cabinet. At one table, there were traces of chemical work, various measured heaps of some white salt being laid on glass saucers, as though for an experiment in which the unhappy man had been prevented.

"That is the same drug that I was always bringing him," said Poole; and even as he spoke, the kettle with a startling noise boiled over. This brought them to the fireside, where the easy-chair was drawn cosily up, and the tea things stood ready to the sitter's elbow, the very sugar in the cup. There were several books on a shelf; one lay beside the tea things open, and Utterson was amazed to find it a copy of a pious work, for which Jekyll had several times expressed a great esteem, annotated, in his own hand with startling blasphemies.

Next, in the course of their review of the chamber, the searchers came to the cheval-glass, into whose depths they looked with an involuntary horror. But it was so turned as to show them nothing but the rosy glow playing on the roof, the fire sparkling in a hundred repetitions along the glazed front of the presses, and their own pale and fearful countenances stooping to look in.

"This glass has seen some strange things, sir," whispered Poole.

"And surely none stranger than itself," echoed the lawyer in the same tones. "For what did Jekyll...", he caught himself up at the word with a start, and then conquering the weakness, "what could Jekyll want with it?" he said.

"You may say that!" said Poole.

Next they turned to the business table. On the desk, among the neat array of papers, a large envelope was uppermost, and bore, in the doctor's hand, the name of Mr. Utterson. The lawyer unsealed it, and several enclosures fell to the floor. The first was a will, drawn in the same eccentric terms as the one which he had returned six months before, to serve as a testament in case of death and as a deed of gift in case of disappearance; but in place of the name of Edward Hyde, the lawyer, with indescribable amazement read the name of Gabriel John Utterson. He looked at Poole, and then back at the paper, and last of all at the dead malefactor stretched upon the carpet.

"My head goes round," he said. "He has been all these days in possession; he had no cause to like me; he must have raged to see himself displaced; and he has not destroyed this document."

portas dos armários e na própria palidez e temor que se apoderaram deles ao olhar.

"Este espelho testemunhou coisas muito estranhas, meu senhor", sussurrou Poole.

"E, certamente, ninguém tão estranho quanto ele mesmo", repetiu o advogado com o mesmo tom de voz. "Por que, para que queria Jekyll..." ao ouvir a si mesmo pronunciando esse nome, estremeceu; e em seguida, dominando-se, prosseguiu, "para que Jekyll precisava disto?", perguntou.

"O senhor pode talvez dizê-lo!", disse Poole.

Em seguida, eles se dirigiram à mesa de trabalho. Sobre a escrivaninha, entre uma série de papéis organizados, um envelope grande se encontrava acima de todos, e endereçado de próprio punho, do doutor ao Senhor Utterson. O advogado o abriu e várias cartas anexas caíram ao chão. A primeira, um testamento redigido com os mesmos termos que o devolvido por ele, há seis meses, que serviria, em caso de morte e como garantia de doação, em caso de desaparecimento, mas no lugar do nome de Edward Hyde, viu com assombro indescritível que o nome, desta vez, era o de Gabriel John Utterson. Olhou para Poole, depois olhou para os papéis e, por fim, para o corpo sem vida do malfeitor que se estendia sobre o tapete.

"Minha cabeça está dando voltas", disse ele. "Ele esteve com esses papéis todos esses dias; ele não tinha nenhum motivo para gostar de mim; ele deveria estar furioso por ter sido substituído por mim e, mesmo assim, não destruiu este documento".

Ele apanhou o papel seguinte; era uma nota breve escrita pelo doutor e datada no alto. "Oh, Poole!", disse o advogado, "ele estava vivo e aqui, neste dia. Ele não pode ter desaparecido em tão pouco tempo; ele deve, ainda, estar vivo, e deve ter fugido! E se for assim, por que fugiu? E como?! E, nesse caso, nós podemos considerar este como um suicídio? Oh, devemos ter cuidado. Ouso dizer que ainda podemos envolver o seu patrão em alguma catástrofe desagradável".

"Por que não a lê, meu senhor?", perguntou Poole.

"Porque temo o seu conteúdo", respondeu o advogado, solenemente. "Deus queira que não tenha sido a causa disso tudo!" E dizendo isto, trouxe o papel à vista e leu o seguinte:

"Meu Caro Utterson,

Quando esta chegar às suas mãos, eu já terei desaparecido, sob quais circunstâncias não tenho o poder de prever, mas meu instinto e todas as circunstâncias de minha situação, inominável, contam-me que o fim é certo e deve estar próximo. Vá, então, e primeiro leia a narrativa que Lanyon me informou que lhe fez chegar às mãos; e se você desejar saber um pouco mais, refira-se à confissão deste seu

Valoroso e infeliz amigo,
HENRY JEKYLL".

He caught up the next paper; it was a brief note in the doctor's hand and dated at the top. "O Poole!" the lawyer cried, "he was alive and here this day. He cannot have been disposed of in so short a space; he must be still alive, he must have fled! And then, why fled? and how? and in that case, can we venture to declare this suicide? O, we must be careful. I foresee that we may yet involve your master in some dire catastrophe."

"Why don't you read it, sir?" asked Poole.

"Because I fear," replied the lawyer solemnly. "God grant I have no cause for it!" And with that he brought the paper to his eyes and read as follows:

"My dear Utterson,

When this shall fall into your hands, I shall have disappeared, under what circumstances I have not the penetration to foresee, but my instinct and all the circumstances of my nameless situation tell me that the end is sure and must be early. Go then, and first read the narrative which Lanyon warned me he was to place in your hands; and if you care to hear more, turn to the confession of

Your unworthy and unhappy friend,

HENRY JEKYLL."

"There was a third enclosure?" asked Utterson.

"Here, sir," said Poole, and gave into his hands a considerable packet sealed in several places.

The lawyer put it in his pocket. "I would say nothing of this paper. If your master has fled or is dead, we may at least save his credit. It is now ten; I must go home and read these documents in quiet; but I shall be back before midnight, when we shall send for the police."

They went out, locking the door of the theatre behind them; and Utterson, once more leaving the servants gathered about the fire in the hall, trudged back to his office to read the two narratives in which this mystery was now to be explained.

"Há um terceiro envelope?", perguntou Utterson.

"Aqui, meu senhor", disse Poole, e fez chegar às suas mãos um pacote de tamanho considerável lacrado, em diversas partes. O advogado o colocou no bolso.

"Não quero saber nada sobre o conteúdo deste documento. Se o seu patrão escapou ou está morto, nós podemos, ao menos, salvar a sua reputação. Já são dez horas; devo voltar para casa e ler estes documentos, com calma; mas, voltarei antes da meia-noite, quando chamaremos a polícia".

Eles saíram, trancando a porta do auditório, logo após eles; Utterson, uma vez mais deixando outra vez a criadagem reunida à volta da lareira, regressou ao seu escritório, caminhando com dificuldade, para ler as duas narrativas com as quais esperava esclarecer por completo este mistério.

A Narrativa do Doutor Lanyon

Capítulo 9

Doctor Lanyon's Narrative

Em nove de janeiro, ou há quatro dias, recebi, pelo correio da tarde, um envelope registrado, endereçado, de próprio punho, pelo meu colega e velho companheiro de escola, Henry Jekyll. Isto foi uma completa e boa surpresa para mim, pois não tínhamos o hábito de trocar correspondência, ainda mais, tendo eu visto o homem jantar com ele, exatamente, na noite anterior; não imaginava o que poderia ter ocorrido, nesse intercurso, que justificasse a formalidade de um registro escrito. Os conteúdos aumentaram ainda mais o meu espanto; foi assim que a carta começou:

"10 de Dezembro de 18...

Caro Lanyon,

Você é um dos meus mais velhos amigos; e embora tenhamos diferenças, de tempo em tempo, sobre questões científicas, não consigo lembrar, pelo menos de minha parte, de qualquer rompimento

On the ninth of January, now four days ago, I received by the evening delivery a registered envelope, addressed in the hand of my colleague and old school companion, Henry Jekyll. I was a good deal surprised by this; for we were by no means in the habit of correspondence; I had seen the man, dined with him, indeed, the night before; and I could imagine nothing in our intercourse that should justify formality of regis-tration. The contents increased my wonder; for this is how the letter ran:

"10th December, 18...

Dear Lanyon,

You are one of my oldest friends; and although we may have differed at times on scientific questions, I cannot remember, at least on my side, any break in our affection. There was never a day when, if you had said to me, 'Jekyll, my life, my honour, my reason, depend upon you,' I would not have sacrificed my left hand to help you. Lanyon my life, my honour, my reason, are all at your mercy; if you fail me to-night, I am lost. You might suppose, after this preface, that I am going to ask you for something dishonourable to grant. Judge for yourself.

"I want you to postpone all other engagements for tonight... ay, even if you were summoned to the bedside of an emperor; to take a cab, unless your carriage should be actually at the door; and with this letter in your hand for consultation, to drive straight to my house. Poole, my butler, has his orders; you will find him waiting your arrival with a locksmith. The door of my cabinet is then to be forced: and you are to go in alone; to open the glazed press (letter E) on the left hand, breaking the lock if it be shut; and to draw out, with all its contents as they stand, the fourth drawer from the top or (which is the same thing) the third from the bottom. In my extreme distress of mind, I have a morbid fear of misdirecting you; but even if I am in error, you may know the right

em nossa relação. Nunca houve um dia sequer no qual sacrificaria a minha própria mão esquerda por você, se me dissesse 'Jekyll, minha vida, minha honra e meu juízo dependem de você'. Lanyon, minha vida, minha honra e meu juízo estão todos à sua mercê; se não puder me auxiliar, hoje à noite, estou perdido. Você deve supor que depois deste prefácio eu vá lhe pedir algo um tanto desonroso de realizar. Peço-lhe que julgue por si próprio.

Quero que você adie quaisquer outros compromissos para hoje à noite... sim, mesmo que você seja convocado à cabeceira de um imperador; alugue uma carruagem, se por acaso a sua não puder estar disponível à sua porta; e com esta carta em mãos como referência, venha, diretamente, à minha casa. Poole, meu mordomo, já tem suas ordens; você o encontrará lhe aguardando, em companhia de um chaveiro. A porta de meu gabinete deve, então, ser forçada e você deverá entrar sozinho; abra o armário de vidro marcado com a letra 'E', à sua esquerda, quebrando o fecho, se este estiver trancado; retire-a, com todo o seu conteúdo e como a encontrar, a quarta gaveta a contar de cima ou (o que vai dar no mesmo) a terceira a contar de baixo. Em minha extrema perturbação da mente, tenho um receio mórbido de lhe transmitir uma informação errada, mas ainda que me engane, você poderá saber que é a gaveta certa, através de seu conteúdo: uns pós, um frasco e um caderno de notas. Peço-lhe que leve, com você, esta gaveta até Cavendish Square, exatamente, como a encontrar.

Esta é a primeira parte da tarefa: agora vamos à segunda. Se você se colocar, imediatamente, a caminho, assim que receber esta nota, estará de volta, muito antes da meia-noite, mas deixo-lhe essa margem de tempo, não só por temer que ocorrera algum desses obstáculos que ninguém pode evitar ou prever, como também para que, o que tenha que ser feito, ocorra a uma hora em que os seus empregados já estejam recolhidos. À meia-noite, então, peço-lhe que esteja sozinho em seu consultório, e admita, você mesmo, em sua casa um indivíduo que se apresentará, em meu nome, e entregue-lhe a gaveta que você trouxe de meu gabinete. Nesse momento, você terá desempenhado a sua parte e merecerá a minha eterna gratidão. Cinco minutos mais tarde, se você insistir em uma explicação, terá compreendido que estas estranhas disposições eram de suma importância e que, omitindo alguma delas, por mais fantástico que lhe pudesse parecer, você poderia pesar a sua consciência com minha morte ou com a perda da minha razão.

Confiante de que você não titubeará a este meu apelo, meu coração, pele

drawer by its contents:some powders, a phial and a paper book. This drawer I beg of you to carry back with you to Cavendish Square exactly as it stands.

"That is the first part of the service: now for the second. You should be back, if you set out at once on the receipt of this, long before midnight; but I will leave you that amount of margin, not only in the fear of one of those obstacles that can neither be prevented nor foreseen, but because an hour when your servants are in bed is to be preferred for what will then remain to do. At midnight, then, I have to ask you to be alone in your consulting room, to admit with your own hand into the house a man who will present himself in my name, and to place in his hands the drawer that you will have brought with you from my cabinet. Then you will have played your part and earned my gratitude completely. Five minutes afterwards, if you insist upon an explanation, you will have understood that these arrangements are of capital importance; and that by the neglect of one of them, fantastic as they must appear, you might have charged your conscience with my death or the shipwreck of my reason.

"Confident as I am that you will not trifle with this appeal, my heart sinks and my hand trembles at the bare thought of such a possibility. Think of me at this hour, in a strange place, labouring under a blackness of distress that no fancy can exaggerate, and yet well aware that, if you will but punctually serve me, my troubles will roll away like a story that is told. Serve me, my dear Lanyon and save Your friend,
H.J.

P.S.
I had already sealed this up when a fresh terror struck upon my soul. It is possible that the post-office may fail me, and this letter not come into your hands until tomorrow morning. In that case, dear Lanyon, do my errand when it shall be most convenient for you in the course of the day; and once more expect my messenger at midnight. It may then already be too late; and if that night passes without event, you will know that you have seen the last of Henry Jekyll."

Upon the reading of this letter, I made sure my colleague was insane; but till that was proved beyond the possibility of doubt, I felt bound to do as he requested. The

e mãos, ainda, tremem diante da possibilidade de não poder realizá-lo. Pense que, nesta hora, em um estranho local, lutando com uma negra angústia que com certeza não é nada exagerada e, ainda, consciente de que cumpra, com pontualidade, as minhas preo-cupações terminarão tal como uma história que chega a seu fim. Sirva-me, meu caro Lanyon, e salve-me.

Seu amigo,

H. J.

P.S.

Eu já tinha lacrado esta carta, quando um novo terror se apoderou de minha alma. É possível que o correio falhe e esta carta não chegue às suas mãos até amanhã de manhã. Nesse caso, querido Lanyon, faça o que lhe peço, assim que for mais conveniente para você, ao longo do dia; e, uma vez mais, aguarde o meu mensageiro, à meia-noite. Talvez seja, então, demasiado tarde. Se, naquela noite, não receber nenhuma notícia minha, você saberá que foi a última vez que você teve notícias de Henry Jekyll".

Após a leitura desta carta, tive absoluta certeza da insanidade de meu colega; mas para que não pairasse quaisquer dúvidas quanto a isso, senti-me forçado a fazer o que me pedia. Quanto menos eu compreendia esta confusão toda, menos estava em posição de julgar a sua importância; e um apelo expressado de tal maneira não poderia ser colocado, assim, de lado sem uma grande carga de responsabilidade. Deste modo, me levantei da mesa, tomei uma carruagem e me dirigi, diretamente, à residência de Jekyll. O mordomo estava aguardando a minha chegada; assim como eu, ele também tinha recebido uma carta de instruções registrada, e tinha desse modo, buscado um chaveiro e um carpinteiro. Os funcionários chegaram, enquanto estávamos, ainda, conversando; nos dirigimos em bloco até o velho auditório de cirurgia do Doutor Denman, no qual (como deve ser de seu conhecimento) o gabinete de Jekyll está, convenientemente, localizado. A porta era muito forte e possuía uma excelente fechadura; o carpinteiro declarou que seria muito difícil abri-la e que faria um grande estrago, se fosse necessário o uso da força; e o chaveiro estava a ponto de desistir, mas este último era um homem habilidoso e, depois de duas horas de trabalho, a porta se encontrava aberta. O armário marcado com a letra E já se encontrava aberto; retirei a gaveta, preenchendo-a com um pouco de palha e embrulhando-a em uma folha de papel, e retornei para Cavendish Square.

Aqui eu comecei a examinar o seu conteúdo. Os pós estavam empacotados com todo o esmero, mas não com a meticulosidade de um boticário, de modo que era evidente que fora o próprio Jekyll que os havia manipulado, e quando eu abri um dos envelopes, descobri o que me pareceu ser um simples sal cristalizado de cor branca. O frasco, no qual concentrei minha

less I understood of this farrago, the less I was in a position to judge of its importance; and an appeal so worded could not be set aside without a grave responsibility. I rose accordingly from table, got into a hansom, and drove straight to Jekyll's house. The butler was awaiting my arrival; he had received by the same post as mine a registered letter of instruction, and had sent at once for a locksmith and a carpenter. The tradesmen came while we were yet speaking; and we moved in a body to old Dr. Denman's surgical theatre, from which (as you are doubtless aware) Jekyll's private cabinet is most conveniently entered. The door was very strong, the lock excellent; the carpenter avowed he would have great trouble and have to do much damage, if force were to be used; and the locksmith was near despair. But this last was a handy fellow, and after two hour's work, the door stood open. The press marked E was unlocked; and I took out the drawer, had it filled up with straw and tied in a sheet, and returned with it to Cavendish Square.

Here I proceeded to examine its contents. The powders were neatly enough made up, but not with the nicety of the dispensing chemist; so that it was plain they were of Jekyll's private manufacture: and when I opened one of the wrappers I found what seemed to me a simple crystalline salt of a white colour. The phial, to which I next turned my attention, might have been about half full of a blood-red liquor, which was highly pungent to the sense of smell and seemed to me to contain phosphorus and some volatile ether. At the other ingredients I could make no guess. The book was an ordinary version book and contained little but a series of dates. These covered a period of many years, but I observed that the entries ceased nearly a year ago and quite abruptly. Here and there a brief remark was appended to a date, usually no more than a single word: "double" occurring perhaps six times in a total of several hundred entries; and once very early in the list and followed by several marks of exclamation, "total failure!!!" All this, though it whetted my curiosity, told me little that was definite. Here were a phial of some salt, and the record of a series of experiments that had led (like too many of Jekyll's investigations) to no end of practical usefulness. How could the presence of these articles in my house affect either the honour, the sanity, or the life of my flighty colleague? If his messenger could go to one place, why could he not go to another? And even granting some impediment, why was this gentleman to be received by me in secret? The more I reflected the more convinced I grew that I was dealing with a case of cerebral disease; and though I dismissed my servants to bed, I loaded an old revolver, that I might be found in some posture of self-defence.

atenção logo após, estava cheio pela metade de um líquido cor de sangue, de cheiro muito áspero e picante, que parecia conter fósforo e algum éter muito volátil. Quanto aos demais ingredientes, não podia imaginar o que seriam. O caderno era uma encadernação vulgar, no qual apenas anotara uma série de datas. Estas englobavam um período de muitos anos e notei que os apontamentos se interrompiam, cerca de um ano antes, abruptamente. Ocasionalmente, junto de uma data, havia uma breve observação, geralmente, nada além de uma única palavra: "duplicar", aparecia, talvez, umas seis vezes, ao longo de centenas de entradas; e, somente uma única vez, ao longo de toda a lista, e seguida por inúmeros pontos de exclamação: "fracasso total!!!". Embora tudo isso despertasse a minha curiosidade, nada de fato esclarecia. Havia ainda um frasco com um pouco de sal, e o registro de uma série de experimentos (como tantas outras investigações de Jekyll) que não conduziram a nenhuma utilidade prática. Como a presença desses objetos em minha casa afetaria a honra, a sanidade ou mesmo a vida de meu excêntrico colega? E se o seu mensageiro podia vir a este lugar, porque não a outro qualquer? E ainda supondo que houvesse algum impedimento, por que esse cavalheiro seria recebido por mim em segredo? Quanto mais refletia sobre o assunto, mais convencido ficava de que se tratava de um caso de enfermidade mental, e apesar de ter dispensado a criadagem, carreguei um velho revólver, para poder utilizar em caso de autodefesa.

As doze badaladas tinham se espalhado por toda Londres, quando a aldrava da porta soou gentilmente. Eu mesmo fui verificar quem era e encontrei um homem, de baixa estatura, recostado contra os pilares do pórtico.

"Você veio a pedido do Doutor Jekyll?", perguntei.

Ele me dissera que sim, através de um gesto constrangido; e quando lhe solicitei que entrasse, ele não o fez sem antes dar uma rápida olhadela, em direção à escuridão da praça. Havia um policial não muito longe dali, avançando com sua lanterna de patrulha; ao vislumbrá-lo, creio que meu visitante se assustou e apressou-se a entrar.

Confesso que essas particularidades me impressionaram, de um modo muito desagradável; e, na medida em que eu o seguia até a tênue luz da sala de consulta, mantive minha mão pronta junto de minha arma. Chegando lá, afinal, tive a chance de vê-lo mais claramente. Nunca havia posto os meus olhos nele antes, isso era certo. Ele era baixo, como eu já mencionei; fiquei abalado com a chocante expressão de seu rosto, com uma notável combinação de grande atividade muscular e grande debilidade, aparente, de constituição, e, finalmente, com a curiosa e subjetiva perturbação causada por sua presença. Esta se ressentia de alguma semelhança com um *rigor mortis* incipiente, acompanhado de uma nítida sensação de falta de pulsação. Na ocasião, atribuí isso a uma aversão pessoal e idiossincrática e só me espantei com a agudeza dos sintomas, mas tive motivos suficientes para acreditar que a causa era muito mais profunda, na natureza

Twelve o'clock had scarce rung out over London, ere the knocker sounded very gently on the door. I went myself at the summons, and found a small man crouching against the pillars of the portico. "Are you come from Dr. Jekyll?" I asked.

He told me "yes" by a constrained gesture; and when I had bidden him enter, he did not obey me without a searching backward glance into the darkness of the square. There was a policeman not far off, advancing with his bull's eye open; and at the sight, I thought my visitor started and made greater haste.

These particulars struck me, I confess, disagreeably; and as I followed him into the bright light of the consulting room, I kept my hand ready on my weapon. Here, at last, I had a chance of clearly seeing him. I had never set eyes on him before, so much was certain. He was small, as I have said; I was struck besides with the shocking expression of his face, with his remarkable combination of great muscular activity and great apparent debility of constitution, and — last but not least — with the odd, subjective disturbance caused by his neighbour-hood. This bore some resemblance to incipient rigour, and was accompanied by a marked sinking of the pulse. At the time, I set it down to some idiosyncratic, personal distaste, and merely wondered at the acuteness of the symptoms; but I have since had reason to believe the cause to lie much deeper in the nature of man, and to turn on some nobler hinge than the principle of hatred.

This person (who had thus, from the first moment of his entrance, struck in me what I can only, describe as a disgustful curiosity) was dressed in a fashion that would have made an ordinary person laughable; his clothes, that is to say, although they were of rich and sober fabric, were enormously too large for him in every measurement—the trousers hanging on his legs and rolled up to keep them from the ground, the waist of the coat below his haunches, and the collar sprawling wide upon his shoulders. Strange to relate, this ludicrous accoutrement was far from moving me to laughter. Rather, as there was something abnormal and misbegotten in the very essence of the creature that now faced me — something seizing, surprising and revolting — this fresh disparity seemed but to fit in with and to reinforce it; so that to my interest in the man's nature and character, there was added a curiosity as to his origin, his life, his fortune and status in the world.

These observations, though they have taken so great a space to be set down in, were yet the work of a few seconds. My visitor was, indeed, on fire with sombre excitement. "Have you got it?" he cried. "Have you got it?" And so lively was his impatience that he even laid his hand upon my arm and sought to shake me.

do homem, e que dependia de algo mais nobre do que o mero sentimento de ódio.

Essa pessoa (que desde o primeiro momento que ingressou, abalou-me de tal modo que apenas poderia descrever como uma curiosidade detestável) estava vestida de um modo que tornaria qualquer cidadão comum risível; suas roupas, se poderíamos chamá-las assim, apesar de serem feitas com um tecido rico e soberbo, eram muito maiores do que ele, em todas as medidas – as calças pendiam sobre suas pernas e estavam enroladas para evitar que se arrastassem no chão; o talhe do casaco ficava abaixo de sua cintura e a gola se alargava até os seus ombros. Mas, por mais estranho que pareça, a absurda indumentária estava longe de me provocar o riso. Pelo contrário, havia algo de anormal, de disforme, na essência daquela criatura que agora me encarava – algo que atraía, assombrava e revoltava – esta evidente disparidade parecia se encaixar nele e reforçá-lo; assim, ao interesse que em mim provocou a sua natureza e o seu caráter, adicionou-se uma curiosidade sobre a sua origem, sua vida, sua fortuna e posição social no mundo.

Essas observações, embora tenham tomado tanto espaço para serem reunidas, foram, no entanto, obra de alguns poucos segundos. Meu visitante parecia, de fato, estar em brasas, aprisionado de uma excitação obscura.

"Estão com você?", ele gritou. "Estão com você?", e a sua impaciência era tão evidente que ele mesmo deitou as suas mãos sobre meu braço e tentou me sacudir.

Eu o afastei, consciente de que seu toque possuía uma certa dor lancinante que percorria o meu sangue. "Acalme-se, meu caro", disse eu. "Não se esqueça de que ainda não tive o prazer de lhe conhecer. Sente-se, por favor". E dando-lhe o exemplo, sentei-me em meu lugar costumeiro e procurei imitar a conduta ordinária que teria com qualquer de meus pacientes, tanto quanto me permitia o avançado da hora, a natureza de minhas preocupações e o horror que me inspirava meu visitante.

"Perdoe-me, Doutor Lanyon", respondeu ele mais civilizadamente. "O que o senhor me disse, de fato, tem razão; e minha impaciência, simplesmente, me fez esquecer de minha polidez. Venho aqui, a pedido de seu colega, Doutor Henry Jekyll, a respeito de um assunto de alguma importância; e compreendo que..." Ele parou e colocou sua mão sobre a garganta, e pude ver que, apesar de seus modos controlados, estava lutando contra os acessos de histeria, "e compreendo que, uma gaveta..."

Senti, nesse momento, um pouco de pena da ansiedade de meu visitante, e mesmo até de minha própria e crescente curiosidade.

"Ela está aqui, meu senhor", disse eu, apontando para a gaveta, onde ela se encontrava, deitada sobre o chão, por detrás da mesa e ainda coberta com o papel.

Ele se ergueu de um sobressalto para logo se deter e levar a mão sobre o seu coração: pude ouvir o seu ranger de dentes com ação compulsiva de suas mandíbulas; e seu rosto adquiriu tal aspecto, apavorante, que cheguei mesmo a temer por sua vida e por seu juízo.

I put him back, conscious at his touch of a certain icy pang along my blood. "Come, sir," said I. "You forget that I have not yet the pleasure of your acquaintance. Be seated, if you plea-se." And I showed him an example, and sat down myself in my customary seat and with as fair an imitation of my ordinary manner to a patient, as the lateness of the hour, the nature of my preoccupations, and the horror I had of my visitor, would suffer me to muster.

"I beg your pardon, Dr. Lanyon," he replied civilly enough. "What you say is very well founded; and my impatience has shown its heels to my politeness. I come here at the instance of your colleague, Dr. Henry Jekyll, on a piece of business of some moment; and I understood... "He paused and put his hand to his throat, and I could see, in spite of his collected manner, that he was wrestling against the approaches of the hysteria — "I understood, a drawer..."

But here I took pity on my visitor's suspense, and some perhaps on my own growing curiosity.

"There it is, sir," said I, pointing to the drawer, where it lay on the floor behind a table and still covered with the sheet.

He sprang to it, and then paused, and laid his hand upon his heart: I could hear his teeth grate with the convulsive action of his jaws; and his face was so ghastly to see that I grew alarmed both for his life and reason.

85

"Compose yourself," said I.

He turned a dreadful smile to me, and as if with the decision of despair, plucked away the sheet. At sight of the contents, he uttered one loud sob of such immense relief that I sat petrified. And the next moment, in a voice that was already fairly well under control, "Have you a graduated glass?" he asked.

I rose from my place with something of an effort and gave him what he asked.

He thanked me with a smiling nod, measured out a few minims of the red tincture and added one of the powders. The mixture, which was at first of a reddish hue, began, in proportion as the crystals melted, to brighten in colour, to effervesce audibly, and to throw off small fumes of vapour. Suddenly and at the same moment, the ebullition ceased and the compound changed to a dark purple, which faded again more slowly to a watery green. My visitor, who had watched these metamorphoses with a keen eye, smiled, set down the glass upon the table, and then turned and looked upon me with an air of scrutiny.

"And now," said he, "to settle what remains. Will you be wise? will you be guided? will you suffer me to take this glass in my hand and to go forth from your house without further parley? Or has the greed of curiosity too much command of you? Think before you answer, for it shall be done as you decide. As you decide, you shall be left as you

"Componha-se, homem", disse.

Ao se voltar, mostrou-me um terrível sorriso e, tomado por um ataque de desespero, arrancou a folha de papel. Ao ver o seu conteúdo, ele proferiu tal grunhido de imensa satisfação, que chegou a me petrificar. No instante seguinte, com uma voz que já demonstrava um maior autocontrole, perguntou: "Você possui um recipiente graduado?"

Levantei-me de meu lugar, com um pouco de esforço e lhe entreguei o que me pedira.

Ele me agradeceu com uma saudação sorridente, distribuiu algumas medidas da tintura vermelha e lhe adicionou um dos pós. A mistura, que a principio possuía uma tonalidade avermelhada, começou, na medida em que os cristais se dissolviam, a adquirir um certo brilho na cor, a entrar em efervescência e a exalar pequenas nuvens de vapor. Repentinamente, naquele exato momento, a ebulição cessou e o composto mudou para um tom púrpura escuro, que lentamente foi desbotando até um verde claro. Meu visitante que observava toda essa metamorfose, com um olhar aflito, sorriu; baixou o frasco sobre a mesa, voltou-se e então olhou para mim com um ar examinador.

"E agora", disse ele, "vamos esgotar os seus restos. Você será sábio? Será facilmente guiado? Você toleraria que eu tomasse este recipiente em minhas mãos e saísse de sua casa sem maiores explicações? Ou a avidez de curiosidade já está comandando as suas ações? Pense bem antes de responder, pois faremos o que você decidir. Assim que decidir, tudo ficará como estava e o senhor nem mais rico nem mais sábio, a menos que ajudar um amigo em sofrimento mortal possa ser considerado como uma espécie de riqueza da alma. Ou, pelo contrário, toda uma nova terra de conhecimento e novos caminhos para a fama e o poder serão abertos para você aqui, nesta sala, neste mesmo instante; diante dos seus olhos, terá lugar um prodígio que faria tremer de incredulidade o próprio Satanás".

"Meu senhor", disse eu, tentando manter uma frieza que estava longe de ser verdadeira, "você fala por enigmas, e talvez você não tenha notado que lhe ouvi sem nenhuma forte impressão de crença. Mas uma vez que já fui tão longe nesses serviços inexplicáveis, não pararia agora antes do seu fim".

"Muito bem", respondeu meu visitante. "Lanyon, lembre-se de seus votos: o que você verá está sob o sigilo de sua profissão. E agora, você que durante tanto tempo se limitou a seguir as ideias mais mesquinhas e materiais; você que tem negado a virtude da medicina transcendental; você que ridicularizou a todos aqueles que lhe eram superior... observe!"

Ele colocou o recipiente em seus lábios e tomou tudo de um gole só. Um grito se seguiu; ele cambaleou, assustado, agarrado com força à mesa, olhando o vazio com olhos injetados, arfando com a boca aberta; e assim que olhei para ele, pensei ter visto uma mudança – ele parecia inchar – seu rosto tornou-se de repente enegrecido e as feições pareciam derreter e se alterar – e neste exato momento, coloquei-me de pé e dei um pulo para trás em direção à parede com meus

were before, and neither richer nor wiser, unless the sense of service rendered to a man in mortal distress may be counted as a kind of riches of the soul. Or, if you shall so prefer to choose, a new province of knowledge and new avenues to fame and power shall be laid open to you, here, in this room, upon the instant; and your sight shall be blasted by a prodigy to stagger the unbelief of Satan."

"Sir," said I, affecting a coolness that I was far from truly possessing, "you speak enigmas, and you will perhaps not wonder that I hear you with no very strong impression of belief. But I have gone too far in the way of inexplicable services to pause before I see the end."

"It is well," replied my visitor. "Lanyon, you remember your vows: what follows is under the seal of our profession. And now, you who have so long been bound to the most narrow and material views, you who have denied the virtue of transcendental medicine, you who have derided your superiors... behold!"

He put the glass to his lips and drank at one gulp. A cry followed; he reeled, staggered, clutched at the table and held on, staring with injected eyes, gasping with open mouth; and as I looked there came, I thought, a change — he seemed to swell — his face became suddenly black and the features seemed to melt and alter — and the next moment, I had sprung to my feet and leaped back against the wall, my arms raised to shield me from that prodigy, my mind submerged in terror.

"O God!" I screamed, and "O God!" again and again; for there before my eyes—pale and shaken, and half fainting, and groping before him with his hands, like a man restored from death – there stood Henry Jekyll!

What he told me in the next hour, I cannot bring my mind to set on paper. I saw what I saw, I heard what I heard, and my soul sickened at it; and yet now when that sight has faded from my eyes, I ask myself if I believe it, and I cannot answer. My life is shaken to its roots; sleep has left me; the deadliest terror sits by me at all hours of the day and night; and I feel that my days are numbered, and that I must die; and yet I shall die incredulous. As for the moral turpitude that man unveiled to me, even with tears of penitence, I can not, even in memory, dwell on it without a start of horror. I will say but one thing, Utterson, and that (if you can bring your mind to credit it) will be more than enough. The creature who crept into my house that night was, on Jekyll's own confession, known by the name of Hyde and hunted for in every corner of the land as the murderer of Carew.

HASTIE LANYON

braços levantados como um escudo me protegendo de tal prodígio; minha mente submergia em pleno terror.

"Oh, Deus!", gritei, e mais uma vez, e outra ainda, "Oh, Deus!"; e diante de meus olhos – pálido e trêmulo, meio sem sentidos, e tateando diante dele com suas mãos, como um homem trazido da morte – ali se encontrava de pé Henry Jekyll!

O que ele me contou logo depois, não consigo resgatar de minha mente para colocar no papel. Eu vi o que eu vi, ouvi o que ouvi, e minha alma se encheu de náusea com tudo isso; e ainda agora, quando aquela visão se desvanece diante de meus olhos, eu pergunto a mim mesmo se ainda acredito em tudo isso, não sendo capaz de responder, entretanto. Minha vida foi abalada até as suas raízes; perdi por completo o sono; o terror mais mortífero se abateu sobre mim em todas as horas do dia e da noite; e sinto que meus dias estão contados e que morrerei; e ainda assim morrerei descrente. Quanto à turbidez moral que aquele homem me revelou, mesmo coberto de lágrimas de penitência, não posso, mesmo em lembrança, encarar tudo isso sem um lampejo de horror. Eu lhe direi uma coisa, Utterson, e o que lhe direi (se você for capaz de dar-lhe algum crédito) será mais do que suficiente. A criatura que rastejou até minha casa naquela noite era, de acordo com a própria confissão de Jekyll, conhecida pelo nome de Hyde e caçada em cada esquina da terra pelo assassinato de Carew.

HASTIE LANYON.

O Relato Completo de Henry Jekyll sobre o Caso

Capítulo 6

Henry Jekyll's Full Statement of the Case

Nasci no ano de 18... , destinado à uma grande fortuna, além de ser favorecido, com excelentes qualidades, inclinado, por natureza, ao trabalho, desfrutando do respeito dos sábios e dos bons, entre os meus companheiros, e assim, como deveríamos supor, com toda a garantia de um futuro honrável e distinto. De fato, o pior dos meus defeitos era uma certa inclinação, impaciente, à diversão, que fez a felicidade de muitos, mas que, como descobri, foi difícil de reconciliar com o meu imperioso desejo de manter minha cabeça erguida e de utilizar uma postura, mais do que convenientemente séria, diante do público. Daí a chegar a ocultar todos os meus prazeres; quando cheguei aos anos de reflexão e comecei a olhar ao redor e a contabilizar o meu progresso e posição no mundo, eu já havia tomado consciência de uma profunda duplicidade em mim. Muitos teriam, mesmo, ostentado tais irregularidades, ao invés de se culpar por elas; mas, a partir dos altos ideais que havia estabelecido por mim, eu as procurei e as escondi, praticamente, com um sentimento mórbido

I was born in the year 18... to a large fortune, endowed besides with excellent parts, inclined by nature to industry, fond of the respect of the wise and good among my fellowmen, and thus, as might have been supposed, with every guarantee of an honorurable and distinguished future. And indeed the worst of my faults was a certain impatient gaiety of disposition, such as has made the happiness of many, but such as I found it hard to reconcile with my imperious desire to carry my head high, and wear a more than commonly grave countenance before the public. Hence it came about that I concealed my pleasures; and that when I reached years of reflection, and began to look round me and take stock of my progress and position in the world, I stood already committed to a profound duplicity of me. Many a man would have even blazoned such irregularities as I was guilty of; but from the high views that I had set before me, I regarded and hid them with an almost morbid sense of shame. It was thus rather the exacting nature of my aspirations than any particular degradation in my faults, that made me what I was, and, with even a deeper trench than in the majority of men, severed in me those provinces of good and ill which divide and compound man's dual nature. In this case, I was driven to reflect deeply and inveterately on that hard law of life, which lies at the root of religion and is one of the most plentiful springs of distress. Though so profound a double-dealer, I was in no sense a hypocrite; both sides of me were in dead earnest; I was no more myself when I laid aside restraint and plunged in shame, than when I laboured, in the eye of day, at the futherance of knowledge or the relief of sorrow and suffering. And it chanced that the direction of my scientific studies, which led wholly towards the mystic and the transcendental, reacted and shed a strong light on this consciousness of the perennial war among my members. With every day, and from both sides of my intelligence, the moral and the intellectual, I thus drew steadily nearer to that truth, by whose partial discovery I have been doomed to such a dreadful shipwreck: that man is not truly one, but truly two. I say two, because the state of my own knowledge does not pass beyond that point. Others will follow, others will outstrip me on the same lines; and I hazard the guess that man will be ultimately known for a mere polity of multifarious,

de vergonha. Deste modo, foi mais a exata natureza de minhas aspirações que qualquer degradação particular de meus defeitos que me tornou o que sou, e mesmo o que separou, no meu íntimo, com um fosso mais profundo do que na maioria dos homens, essas duas regiões do bem e do mal, nas quais se dividem e compõem a natureza dual do homem. Neste caso, me dirigi a refletir de modo profundo e inveterado sobre a dura lei da vida que reside na raiz da religião e que é uma das mais abundantes fontes de sofrimento. Embora minha dualidade fosse tão profunda, não me sentia um hipócrita; meus lados eram totalmente verdadeiros. Eu era o mesmo, quando abandonando toda a moderação e me lançando à vergonha ou, quando trabalhando à luz do dia, promóvia o conhecimento ou o alívio da dor e do sofrimento. E tudo isso tomou direção nos meus estudos científicos, que foram conduzidos, por completo, em direção ao místico e ao transcendental, refletindo e projetando uma forte luz sobre esta consciência da permanente guerra entre minhas personalidades. A cada dia, e a partir de ambos os lados de minha inteligência, a moral e a intelectual, lancei-me, firmemente, ao mais próximo daquela verdade, por cuja descoberta incompleta fui condenado a tão terrível naufrágio: que o homem, verdadeiramente, não é único, mas, de fato, dois. Eu digo dois, pois o estado do meu próprio conhecimento não passa desse ponto. Outros seguirão, outros irão me superar nestas mesmas linhas; e arrisco em dizer que o homem será, no final das contas, conhecido por uma mera constituição de habitantes de múltiplas formas, incongruentes e independentes. De minha parte, a partir da natureza de minha vida, avancei, como quem nunca erra, em uma direção e somente em uma direção. Esta estava ao lado da moral, e em minha própria pessoa, na qual aprendi a reconhecer a perfeita e primitiva dualidade do homem; eu vi que as duas naturezas que competem no campo de minha consciência, mesmo que pudesse dizer, corretamente, qual delas se manifestava, agiam assim somente porque eu mesmo era, radicalmente, ambas; e deste tempos idos, mesmo antes do curso das minhas descobertas científicas começarem a sugerir a possibilidade mais desnuda de tal milagre, aprendi a viver com prazer, como em um adorável devaneio, sobre o aprisionamento da separação desses elementos. Se cada um deles que dizia, a mim mesmo, pudesse morar em identidades separadas, a vida seria aliviada de tudo o que fosse insuportável; o injusto poderia seguir o seu caminho, libertado das aspirações e remorsos de seu gêmeo mais correto; e o justo poderia caminhar com estabilidade e segurança em seu caminho ascendente, realizando as boas coisas nas quais ele encontraria prazer e sem se expor à desgraça e penitência pelas mãos de sua perversidade exterior. Era a maldição da humanidade que estas incompatíveis criaturas fossem, assim, mantidas juntas – que no ventre agonizante da consciência, estes gêmeos opostos devessem, continuamente, estar em batalha. Como, então, eles poderiam ser separados?

Estava tão distante em minhas reflexões quando, como disse, uma luz começou a brilhar sobre o tema, a partir da minha mesa do laboratório. Comecei a perceber, mais profundamente, que o tema

incongruous and independent denizens. I, for my part, from the nature of my life, advanced infallibly in one direction and in one direction only. It was on the moral side, and in my own person, that I learned to recognise the thorough and primitive duality of man; I saw that, of the two natures that contended in the field of my consciousness, even if I could rightly be said to be either, it was only because I was radically both; and from an early date, even before the course of my scientific discoveries had begun to suggest the most naked possibility of such a miracle, I had learned to dwell with pleasure, as a beloved daydream, on the thought of the separation of these elements. If each, I told myself, could be housed in separate identities, life would be relieved of all that was unbearable; the unjust might go his way, delivered from the aspirations and remorse of his more upright twin; and the just could walk steadfastly and securely on his upward path, doing the good things in which he found his pleasure, and no longer exposed to disgrace and penitence by the hands of this extraneous evil. It was the curse of mankind that these incongruous faggots were thus bound together — that in the agonised womb of consciousness, these polar twins should be continuously struggling. How, then were they dissociated?

I was so far in my reflections when, as I have said, a side light began to shine upon the subject from the laboratory table. I began to perceive more deeply than it has ever yet been stated, the trembling immateriality, the mistlike transience, of this seemingly so solid body in which we walk attired. Certain agents I found to have the power to shake and pluck back that fleshly vestment, even as a wind might toss the curtains of a pavilion. For two good reasons, I will not enter deeply into this scientific branch of my confession. First, because I have been made to learn that the doom and burthen of our life is bound for ever on man's shoulders, and when the attempt is made to cast it off, it but returns upon us with more unfamiliar and more awful pressure. Second, because, as my narrative will make, alas! too evident, my discoveries were incomplete. Enough then, that I not only recognised my natural body from the mere aura and effulgence of certain of the powers that made up my spirit, but managed to compound a drug by which these powers should be dethroned from their supre-macy, and a second form and countenance substituted, none the less natural to me because they were the expres-sion, and bore the stamp of lower elements in my soul.

I hesitated long before I put this theory to the test of practice. I knew well that I risked death; for any drug that so potently controlled and shook the very fortress of identity, might, by the least scruple of an overdose or at the least inopportunity in the moment of exhibition, utterly blot out that immaterial tabernacle which I looked to it to change. But the temptation

já tinha sido declarado, a imaterialidade trêmula, a transitoriedade mística, do aparente corpo sólido daquilo com que me revestira. Descobri que certos agentes tinham o poder de agitar e golpear aquela vestimenta carnal, do mesmo modo que o vento pode agitar as cortinas de um pavilhão. Por duas boas razões, não vou me deter, profundamente, nesta questão científica em minha confissão. Primeiro, porque havia descoberto que a perdição e o peso de nossas vidas estão atados aos ombros de cada homem, e quando o esforço é feito para retirá-los, eles retornam sobre nós com uma pressão mais terrível e mais desconhecida. Segundo, porque minha narrativa revelará, ou seja, demonstrará que minhas descobertas foram incompletas, evidentemente. Basta dizer, então, que eu não somente reconheci, em meu corpo natural, aquela aura comum e aquele esplendor da certeza desses poderes que moldaram o meu espírito, mas que trabalhei para compor uma droga pela qual estas forças deveriam ser destronadas de sua supremacia; e suplantei o meu aspecto com uma segunda aparência e semblante, não menos natural para mim, já que era a expressão e tinham a marca dos mais baixos componentes da minha alma.

Relutei muito, antes de apresentar esta teoria ao teste da prática. Eu sabia muito que eu correria risco de morte, pois qualquer droga com tal capacidade de controle e abalo sobre a fortaleza da identidade poderia, igualmente – por um simples erro de dose ou pela menor impropriedade, no momento, de se ministrá-la, aniquilar todo esse tabernáculo imaterial que pretendia modificar. Mas, a tentação da descoberta era tão singular e profunda que sobrepujava qualquer sugestão de alerta. Eu já tinha preparado minha solução: comprei de uma firma atacadista de produtos químicos uma grande quantidade de um sal particular que sabia, a partir de meus experimentos, ser o último ingrediente necessário; e, tarde de uma noite amaldiçoada, preparei os elementos, observando-os ferver e fumegar todos juntos no recipiente, e quando a ebulição teve seu término, com um forte ardor de coragem. Bebi de uma só vez toda a poção.

As mais variadas dores torturantes se sucederam: um quebrar de ossos, uma náusea mortífera, e um horror no espírito que pode ser igualada às horas do nascimento e da morte. Então, essas agonias começaram, suavemente, a se abrandar. Sentia-me como saído de uma grande enfermidade. Havia algo estranho em todas as minhas sensações, algo indescritivelmente novo e, a partir destas novas descobertas, algo, incrivelmente, doce. Sentia-me mais jovem, mais leve, uma felicidade a percorrer o corpo. Dentro disso, fiquei consciente de uma afobação emocionante, uma corrente de imagens sensuais desordenadas, correndo como as águas de uma roda de moinho, dentro de minha imaginação. Uma dissolução dos laços de obrigação; uma desconhecida, porém, nada inocente liberdade de alma. Eu mesmo me vi, à primeira respiração desta nova vida, mais perverso, dez vezes mais perverso, como um escravo vendido à maldade original de minha existência; e tal pensamento, naquele momento, rodeava-me e me deleitava como o vinho. Estiquei as minhas mãos, exultando dentro do frescor dessas sensações; e, nesse ato, de repente vi que havia perdido estatura.

of a discovery so singular and profound at last overcame the suggestions of alarm. I had long since prepared my tincture; I purchased at once, from a firm of wholesale chemists, a large quantity of a particular salt which I knew, from my experiments, to be the last ingredient required; and late one accursed night, I compounded the elements, watched them boil and smoke together in the glass, and when the ebullition had subsided, with a strong glow of courage, drank off the potion. The most racking pangs succeeded: a grinding in the bones, deadly nausea, and a horror of the spirit that cannot be exceeded at the hour of birth or death. Then these agonies began swiftly to subside, and I came to myself as if out of a great sickness. There was something strange in my sensations, something indescribably new and, from its very novelty, incredibly sweet. I felt younger, lighter, happier in body; within I was conscious of a heady recklessness, a current of disordered sensual images running like a millrace in my fancy, a solution of the bonds of obligation, an unknown but not an innocent freedom of the soul. I knew myself, at the first breath of this new life, to be more wicked, tenfold more wicked, sold a slave to my original evil; and the thought, in that moment, braced and delighted me like wine. I stretched out my hands, exulting in the freshness of these sensations; and in the act, I was suddenly aware that I had lost in stature.

There was no mirror, at that date, in my room; that which stands beside me as I write, was brought there later on and for the very purpose of these transformations. The night however, was far gone into the morning — the morning, black as it was, was nearly ripe for the conception of the day — the inmates of my house were locked in the most rigorous hours of slumber; and I determined, flushed as I was with hope and triumph, to venture in my new shape as far as to my bedroom. I crossed the yard, wherein the constellations looked down upon me, I could have thought, with wonder, the first creature of that sort that their unsleeping vigilance had yet disclosed to them; I stole through the corridors, a stranger in my own house; and coming to my room, I saw for the first time the appearance of Edward Hyde.

I must here speak by theory alone, saying not that which I know, but that which I suppose to be most probable. The evil side of my nature, to which I had now transferred the stamping efficacy, was less robust and less developed than the good which I had just deposed. Again, in the course of my life, which had been, after all, nine tenths a life of effort, virtue and control, it had been much less exercised and much less exhausted. And hence, as I think, it came about that Edward Hyde was so much smaller, slighter and younger than Henry Jekyll. Even as good shone upon the countenance of the one, evil

Não havia um espelho, naquela data, em meus aposentos; este que permanece ao meu lado, enquanto escrevo, foi trazido para cá mais tarde e em virtude dos propósitos vistos nessas transformações. A noite, entretanto, estava próxima do fim – a manhã, embora ainda enegrecida, estava se aproximando daquele estágio preciso da concepção do dia – os habitantes de minha casa estavam lançados nas mais rigorosas horas de descanso; e decidi, extasiado, como estava com a esperança e o triunfo, a aventurar-me bem longe de meus aposentos, dentro de minhas novas formas. Cruzei o pátio, observado desde o alto pelas constelações do céu, pois era a primeira criatura desse tipo que se apresentava à insone vigilância delas; furtei-me pelos corredores, como um estranho em minha própria casa; e, ao chegar ao quarto, vi pela primeira vez qual a aparência de Edward Hyde.

Aqui devo discorrer, somente, através da teoria, dizendo não o que sei, mas o que suponho ter sido o mais provável. O lado malévolo de minha natureza, que agora havia tomado uma forma eficaz, era menos robusto e menos desenvolvido do que o lado bom que havia sido deposto. De certo modo, ao longo de minha vida, que tinha sido, apesar de tudo, uma vida dedicada, quase que na sua totalidade, aos esforços, às virtudes e ao controle, era natural que esse lado fosse menos exercitado e muito menos consumido. E por esse motivo, como pensei, era óbvio que Edward Hyde fosse muito menor, frágil e jovem do que Henry Jekyll. Enquanto o bem brilhava sobre a fisionomia de um, o mal estava escrito, claro e, explicitamente, no rosto do outro. Além disso, o mal (que ainda acredito ser o lado mais letal do homem) tinha deixado sobre o corpo uma marca de deformidade e decadência. E, no momento que olhava para aquele feio ídolo impresso no espelho, não sentia repugnância, mas, sim, um arrebatamento de boas-vindas. Esse também era eu. Parecia-me natural e humano. Apresentava-se, diante de meus olhos, como uma imagem mais vivida do espírito, parecendo mais expressivo e simples do que a fisionomia imperfeita e dividida que, até então, havia me habituado a chamar de mim mesmo. E nisso, sem dúvida, não estava enganado. Observei que, quando me travestia com os traços de Edward Hyde, ninguém era capaz de me encarar sem, contudo, experimentar um visível tremor no corpo. Isto ocorria, como vim a descobrir, pois todos os seres humanos, como os conhecemos, são uma mescla de partes boas e más: e Edward Hyde, sem nenhuma classificação dentro da humanidade, era o mal absoluto.

Admirei-me por um momento mais no espelho: uma segunda, e conclusiva experiência, deveria ser tentada; permaneceria como aquele a quem via, perdendo minha identidade além da redenção e deveria fugir, antes da aurora do dia de uma casa que não era mais a minha? E, correndo de volta ao meu gabinete, uma vez mais preparei e bebi a solução, uma vez mais sofri os golpes da dissolução e tornei a mim mesmo como os traços, a estatura e o rosto de Henry Jekyll.

Àquela noite cheguei a uma encruzilhada fatal. Tivesse eu me aproximado

was written broadly and plainly on the face of the other. Evil besides (which I must still believe to be the lethal side of man) had left on that body an imprint of deformity and decay. And yet when I looked upon that ugly idol in the glass, I was conscious of no repugnance, rather of a leap of welcome. This, too, was myself. It seemed natural and human. In my eyes it bore a livelier image of the spirit, it seemed more express and single, than the imperfect and divided countenance I had been hitherto accustomed to call mine. And in so far I was doubtless right. I have observed that when I wore the semblance of Edward Hyde, none could come near to me at first without a visible misgiving of the flesh. This, as I take it, was because all human beings, as we meet them, are commingled out of good and evil: and Edward Hyde, alone in the ranks of mankind, was pure evil.

I lingered but a moment at the mirror: the second and conclusive experiment had yet to be attempted; it yet remained to be seen if I had lost my identity beyond redemption and must flee before daylight from a house that was no longer mine; and hurrying back to my cabinet, I once more prepared and drank the cup, once more suffered the pangs of dissolution, and came to myself once more with the character, the stature and the face of Henry Jekyll.

That night I had come to the fatal crossroads. Had I

approached my discovery in a more noble spirit, had I risked the experiment while under the empire of generous or pious aspirations, all must have been otherwise, and from these agonies of death and birth, I had come forth an angel instead of a fiend. The drug had no discriminating action; it was neither diabolical nor divine; it but shook the doors of the prisonhouse of my disposition; and like the captives of Philippi, that which stood within ran forth. At that time my virtue slumbered; my evil, kept awake by ambition, was alert and swift to seize the occasion; and the thing that was projected was Edward Hyde. Hence, although I had now two characters as well as two appearances, one was wholly evil, and the other was still the old Henry Jekyll, that incongruous compound of whose reformation and improvement I had already learned to despair. The movement was thus wholly toward the worse.

Even at that time, I had not conquered my aversions to the dryness of a life of study. I would still be merrily disposed at times; and as my pleasures were (to say the least) undignified, and I was not only well known and highly considered, but growing towards the elderly man, this incoherency of my life was daily growing more unwelcome. It was on this side that my new power tempted me until I fell in

de minha descoberta com um espírito mais nobre, se tivesse me arriscado a experimentar sob o império de aspirações generosas ou piedosas, tudo teria sido diferente e dessas agonias de nascimento e morte teria surgido um anjo, em vez de um demônio. A droga não agia de forma discriminatória; ela não era nem divina, nem diabólica; apenas balançava as portas da prisão de meu caráter. Tal qual os prisioneiros de Filipos[11], aqueles que lá dentro permaneciam poderiam escapar. Assim, a minha virtude sucumbia; a minha perfídia, despertada pela ambição, mantinha-se alerta, disposta a aproveitar a oportunidade e o que aparecia não era outra coisa senão Edward Hyde. Daí que, apesar de possuir, agora, duas personalidades, bem como duas aparências, uma era, por completo, o mal, enquanto a outra continuava a ser o antigo Henry Jekyll, essa mistura, incongruente, de cuja capacidade, para se modificar e melhorar, eu havia já desesperado. O movimento estava assim, completamente, direcionado para o pior.

Naquela mesma noite, eu não contive a minha aversão com relação à aridez de uma vida de estudos. Continuava a possuir uma predisposição jovial naquela época; e, uma vez que meus prazeres eram (na melhor das hipóteses) pouco dignos e não só era bem conhecido como também muito respeitado, além de ser também um homem de idade, esta contradição de minha vida se tornava, cada dia mais, insuportável. Neste ponto, o meu novo poder tentou-me, até me lançar à escravidão. Não tinha mais

[11] Atos dos Apóstolos, 16:26: "De repente houve um tão grande terremoto que foram abalados os alicerces do cárcere, e logo se abriram todas as portas e foram soltos os grilhões de todos".

que me entregar à bebida, abandonar o corpo do conhecido professor e assumir, como se tratasse de uma grossa capa, o de Edward Hyde. Sorri, diante dessa idéia; a mesma me parecia cheia de graça; e comecei os meus preparativos, com o maior cuidado. Aluguei e mobiliei aquela casa no Soho, onde Hyde foi seguido pela polícia; contratei, como criada, uma criatura que era bem conhecida por seu silêncio e escrúpulos. Por outro lado, anunciei aos meus serviçais que um tal Senhor Hyde (a quem descrevi) gozaria de total liberdade e poderes em minha casa, junto da praça, e para prevenir contratempos, apresentei-me nela, com o intuito de me tornar conhecido, sob a minha segunda personalidade. Meus próximos passos foram às redações de dois testamentos, que tanto lhe incomodou; de modo que se me sucedesse algo na pessoa do Doutor Jekyll, poderia me refugiar na pessoa de Edward Hyde, sem perdas financeiras. E, assim, protegido, como supunha, em todos os aspectos, comecei a me beneficiar da estranha imunidade de minha posição.

Homens já contrataram capangas, para realizarem os seus crimes, enquanto suas próprias pessoas e reputações permaneciam intocáveis. Eu era o primeiro que o fiz por meu próprio prazer. E fui o primeiro que podia labutar, diante dos olhos do público, repleto de respeitabilidade genial, e, logo após, como um colegial, despojar-me daqueles empréstimos e me lançar, de cabeça, dentro do mar da liberdade. Mas para mim, em meu manto impenetrável, a segurança era completa. Pense nisso – eu nem mesmo existia! Apenas me deixava escapar pela porta do meu laboratório, permitia-me um segundo

slavery. I had but to drink the cup, to doff at once the body of the noted professor, and to assume, like a thick cloak, that of Edward Hyde. I smiled at the notion; it seemed to me at the time to be humourous; and I made my preparations with the most studious care. I took and furnished that house in Soho, to which Hyde was tracked by the police; and engaged as a housekeeper a creature whom I knew well to be silent and unscrupulous.On the other side, I announced to my servants that a Mr. Hyde (whom I described) was to have full liberty and power about my house in the square; and to parry mishaps, I even called and made myself a familiar object, in my second character. I next drew up that will to which you so much objected; so that if anything befell me in the person of Dr. Jekyll, I could enter on that of Edward Hyde without pecuniary loss. And thus fortified, as I supposed, on every side, I began to profit by the strange immunities of my position.

Men have before hired bravos to transact their crimes, while their own person and reputation sat under shelter. I was the first that ever did so for his pleasures. I was the first that could plod in the public eye with a load of genial respectability, and in a moment, like a schoolboy, strip off these lendings and spring headlong into the sea of liberty. But for me, in my impenetrable mantle, the safely was complete. Think of it – I did not even exist! Let me but escape into my laboratory door, give me but a second or two to mix and swallow the draught that I had always standing ready; and whatever he had done, Edward Hyde would pass away like the stain of breath upon a mirror; and there in his stead, quietly at home, trimming the midnight lamp in his study, a man who could afford to laugh at suspicion, would be Henry Jekyll.

The pleasures which I made haste to seek in my disguise were, as I have said, undignified; I would scarce use a harder term. But in the hands of Edward Hyde, they soon began to turn toward the monstrous. When I would come back from these excursions, I was often plunged into a kind of wonder at my vicarious depravity. This familiar that I called out of my own soul, and sent forth alone to do his good pleasure, was a being inherently malign and villainous; his every act and thought centered on self; drinking pleasure with bestial avidity from any degree of torture to another; relentless like a man of stone. Henry Jekyll stood at times aghast before the acts of Edward Hyde; but the situation was apart from ordinary laws, and insidiously relaxed the grasp of conscience. It was Hyde, after all, and Hyde alone, that was guilty. Jekyll was no worse; he woke again to his good qualities seemingly unimpaired; he would even make haste, where it was possible, to undo the evil done by Hyde. And thus his conscience slumbered.

ou dois para misturar e combinar a fórmula que já me encontrava, plenamente, pronto; e qualquer que seja o que ele tinha feito, Edward Hyde, simplesmente, desaparecia como o vapor d'água que se acumula sobre o espelho; e lá em seu lugar, tranquilamente em casa, sob as luzes da lamparina, em seus estudos, à meia-noite, um homem poderia se dar ao luxo de rir de qualquer suspeita; e esse homem seria Henry Jekyll.

Os prazeres que me lancei a buscar sob meu disfarce eram, como já disse, pouco dignos; não ousaria usar um termo mais pesado que esse. Mas, sob as mãos de Edward Hyde, eles, rapidamente, se transformaram em monstruosos. Quando retornava dessas excursões, frequentemente, eu estava lançado dentro de um tipo de assombro, diante da depravação de meu outro eu. Este parente que vi emergir, de minha própria alma, e que o libertava, em direção de seu próprio prazer, era um ser, inerentemente, maligno e repugnante; cada um dos seus atos e pensamentos centravam-se apenas nele, bebendo do prazer, causado por qualquer grau de tortura ao outro, com uma ânsia animal, com uma crueldade semelhante a de um homem de pedra. Às vezes, Henry Jekyll ficava perplexo, diante dos atos de Edward Hyde; mas, a situação se encontrava tão distante das leis comuns que, insidiosamente, relaxava qualquer tormento de consciência. Era Hyde, apesar de tudo, e somente Hyde, o culpado de todas as coisas. Jekyll não se sentia pior; novamente, despertava suas boas qualidades, aparentemente, intactas e, por vezes, apressava-se, onde fosse possível, a desfazer o mal, causado por Hyde. E assim, sua consciência repousava.

Não tenho nenhum desejo de ingressar nos detalhes da infâmia da qual era cúmplice (pois, mesmo agora, não consigo garantir que eu a cometi); só quero apontar as advertências e os sucessivos passos que me aproximaram da punição severa. Uma vez ocorreu um incidente que me limitarei a mencionar, já que não me trouxe significativas conseqüências. Um ato de crueldade contra uma criança que me atraiu a fúria de um transeunte, a quem reconheci, outro dia, como um parente seu, de um doutor e da família da criança que o seguiram; houve momentos em que cheguei a temer por minha vida; e, finalmente, para aplacar o seu justo ressentimento, Edward Hyde levou-os até à porta e a lhes pagar com um cheque sacado em nome de Henry Jekyll. Mas, a repetição futura deste perigo foi, facilmente, eliminada através da abertura de uma conta em outro banco, em nome de Edward Hyde; e quando alterei a minha própria caligrafia e forneci ao meu duplo uma assinatura, julguei estar além das garras do destino.

Dois meses antes do assassinato de Sir Danvers, retornei, tarde da noite, de uma de minhas aventuras, e, no dia seguinte, despertei em minha cama com uma estranha sensação indefinida; em vão, olhei em minha volta; em vão, busquei os excelentes móveis e o teto de altas proporções dos meus aposentos na praça; inutilmente, reconheci o padrão das cortinas do dossel de minha cama e o desenho da estrutura de mogno. Algo me dizia, insistentemente, que não me encontrava onde estava, que não despertara onde parecia estar, mas, sim, no pequeno quarto no Soho, onde costumava dormir, quando no corpo de Edward Hyde. Sorri,

Into the details of the infamy at which I thus connived (for even now I can scarce grant that I committed it) I have no design of entering; I mean but to point out the warnings and the successive steps with which my chastisement approached. I met with one accident which, as it brought on no consequence, I shall no more than mention. An act of cruelty to a child aroused against me the anger of a passer-by, whom I recognised the other day in the person of your kinsman; the doctor and the child's family joined him; there were moments when I feared for my life; and at last, in order to pacify their too just resentment, Edward Hyde had to bring them to the door, and pay them in a cheque drawn in the name of Henry Jekyll. But this danger was easily eliminated from the future, by opening an account at another bank in the name of Edward Hyde himself; and when, by sloping my own hand backward, I had supplied my double with a signature, I thought I sat beyond the reach of fate.

Some two months before the murder of Sir Danvers, I had been out for one of my adventures, had returned at a late hour, and woke the next day in bed with somewhat odd sensations. It was in vain I looked about me; in vain I saw the decent furniture and tall proportions of my room in the square; in vain that I recognised the pattern of the bed curtains and the design of the mahogany frame; something still kept insisting that I was not where I was, that I had not wakened where I seemed to be, but in the little room in Soho where I was accustomed to sleep in the body of Edward Hyde. I smiled to myself, and in my psychological way, began lazily to inquire into the elements of this illusion, occasionally, even as I did so, dropping back into a comfortable morning doze. I was still so engaged when, in one of my more wakeful moments, my eyes fell upon my hand. Now the hand of Henry Jekyll (as you have often remarked) was professional in shape and size: it was large, firm, white and comely. But the hand which I now saw, clearly enough, in the yellow light of a mid-London morning, lying half shut on the bedclothes, was lean, corder, knuckly, of a dusky pallor and thickly shaded with a swart growth of hair. It was the hand of Edward Hyde.

I must have stared upon it for near half a minute, sunk as I was in the mere stupidity of wonder, before terror woke up in my breast as sudden and startling as the crash of cymbals; and bounding from my bed I rushed to the mirror. At the sight that met my eyes, my blood was changed into something exquisitely thin and icy. Yes, I had gone to bed Henry Jekyll, I had awakened Edward Hyde. How was this to be explain-ed? I asked myself; and then, with another bound of terror—how was it to be remedied? It was well on in the morning; the servants were up; all my drugs were in the cabinet — a long journey down two pairs of stairs, through the back passage, across the open court and through the anatomical theatre, from where I was then

comigo mesmo, e segundo o meu estilo psicológico, comecei, preguiçosamente, a analisar todos os elementos desta ilusão, lançando-me, ocasionalmente, em um confortável torpor matutino enquanto o fazia. Estava, ainda, ocupado com isso, quando, em um dos momentos em que me encontrava mais desperto, meus olhos recaíram sobre minha mão. As mãos de Henry Jekyll (como você mesmo chegou a observar) eram as de um profissional, tanto na forma quanto no tamanho; eram grandes, firmes, brancas e bem feitas. Mas a mão que agora via, claramente, à luz amarelada do meio de uma manhã londrina, pousada e meio fechada sobre a roupa da cama, era seca, nervosa, saliente, de uma palidez cinzenta e coberta por uma espessa camada de pêlos. Era a mão de Edward Hyde.

Permaneci estático por, aproxima-damente, meio minuto, mergulhado como estava, na mera estupidez do assombro, diante do terror que me assaltava o meu peito, tão repentina e assustadoramente quanto o soar de sinos; e, saltando de minha cama, corri até o espelho. A visão que vislumbrei fez com que meu sangue se transformasse em algo, completamente, ralo e congelado. Sim, eu tinha ido me deitar como Henry Jekyll, e despertara como Edward Hyde. Como isso poderia ser explicado? Pergunta a mim mesmo; e tomado por outro golpe de terror – como isso poderia ser revertido? Como de costume, em todas as manhãs, a criadagem já estava de pé e todas as minhas drogas estavam no gabinete – uma longa jornada, dois lances de escada abaixo, através da passagem dos fundos, cruzando o pátio aberto e passando pelo auditório de anatomia, o que me paralisou de horror. É claro que seria possível encobrir o meu rosto; mas que uso isso teria se eu era incapaz de ocultar a minha mudança de estatura? E, então, com um doce e poderoso alívio, voltou-me à mente que a criadagem já estava habituada às idas e vindas do meu segundo eu. Vesti-me o mais depressa possível, com roupas de minha medida e atravessei toda a casa, onde Bradshaw me encarou e recuou ao ver Senhor Hyde àquela hora e com tais trajes; e, dez minutos mais tarde, Doutor Jekyll retornava à sua forma e estava sentado à mesa, com um ar sério, fingindo que tomava seu café-da-manhã.

Na verdade, não possuía fome alguma. Este incidente inexplicável, esta reversão de minha preciosa experiência, era como o dedo babilônico[12] sobre a parede, soletrando, letra a letra, o meu julgamento; e comecei a refletir, mais seriamente do que antes, sobre os assuntos e possibilidades de minha dupla existência. Aquela parte de mim, que tinha o poder de se projetar, tinha, ultimamente, se exercitado e se nutrido muito; parecia, para mim, que o corpo de Edward Hyde havia crescido em estatura, ultimamente, como se (quando me revestia daquela forma) estivesse consciente de parcelas mais generosas de sangue; e, comecei a vislumbrar o perigo que, se fosse muito prolongado, o equilíbrio de minha natureza pudesse ser, permanentemente abolido, o poder da uma mudança voluntária perdido e a personalidade de Edward Hyde se tornar irrevogável sobre a minha. O poder

standing horror-struck. It might indeed be possible to cover my face; but of what use was that, when I was unable to conceal the alteration in my stature? And then with an overpowering sweetness of relief, it came back upon my mind that the servants were already used to the coming and going of my second self. I had soon dressed, as well as I was able, in clothes of my own size: had soon passed through the house, where Bradshaw stared and drew back at seeing Mr. Hyde at such an hour and in such a strange array; and ten minutes later, Dr. Jekyll had returned to his own shape and was sitting down, with a darkened brow, to make a feint of breakfasting.

Small indeed was my appetite. This inexplicable incident, this reversal of my previous experience, seem-ed, like the Babylonian finger on the wall, to be spelling out the letters of my judgment; and I began to reflect more seriously than ever before on the issues and possibilities of my double existence. That part of me which I had the power of projecting, had lately been much exercised and nourished; it had seemed to me of late as though the body of Edward Hyde had grown in stature, as though (when I wore that form) I were conscious of a more generous tide of blood; and I began to spy a danger that, if this were much prolonged, the balance of my nature might be permanently overthrown, the

---

[12] Livro de Daniel, 5:5-23, onde o rei Belsazar da Babilônia vê dedos de mão de homem, escrevendo sobre a parede, apontando um sinal da futura punição divina sobre Belsazar por ter se erguido contra o Senhor do firmamento.

power of voluntary change be forfeited, and the character of Edward Hyde become irrevocably mine. The power of the drug had not been always equally displayed. Once, very early in my career, it had totally failed me; since then I had been obliged on more than one occasion to double, and once, with infinite risk of death, to treble the amount; and these rare uncertainties had cast hitherto the sole shadow on my contentment. Now, however, and in the light of that morning's accident, I was led to remark that whereas, in the beginning, the difficulty had been to throw off the body of Jekyll, it had of late gradually but decidedly transferred itself to the other side. All things therefore seemed to point to this; that I was slowly losing hold of my original and better self, and becoming slowly incorporated with my second and worse.

Between these two, I now felt I had to choose. My two natures had memory in common, but all other faculties were most unequally shared between them. Jekyll (who was composite) now with the most sensitive apprehensions, now with a greedy gusto, projected and shared in the pleasures and adventures of Hyde; but Hyde was indifferent to Jekyll, or but remembered him as the mountain bandit remembers the cavern in which he conceals himself from pursuit. Jekyll had more than a father's interest; Hyde had more than a son's indifference. To cast in my lot with Jekyll, was to die to those appetites which I had long secretly indulged and had of

da droga não se apresentava da mesma maneira. Uma vez, logo no início da minha jornada, ela, simplesmente, falhara, completamente, e, desde então, vi-me obrigado, por mais de uma ocasião, a duplicar a dose e uma vez, com um infinito de morte, a triplicar a quantidade; e, essas raras incertezas tinham, nesse momento, lançado uma grande sombra, sobre o meu contentamento. Agora, entretanto, e diante do incidente daquela manhã, comecei a me dar conta de que, se no início a dificuldade consistia em me livrar do corpo de Jekyll, gradualmente, mas, de forma não menos decidida, a dificuldade era, exatamente, a inversa. Todas as coisas pareciam se dirigir para um único ponto, ou seja, que eu estava perdendo, lentamente, o controle do meu Eu original e melhor, me incorporando, lentamente, ao meu segundo e pior.

Entre esses dois, percebia agora que não tinha escolha alguma. Minhas duas naturezas tinham lembranças em comum, mas todas as minhas outras faculdades eram divididas, de forma desigual, entre elas. Jekyll, que se compunha com as mais sensíveis apreensões, com uma excitação mesquinha, agora, projetava e compartilhava dos prazeres e aventuras de Hyde; mas, Hyde era indiferente a Jekyll, ou apenas se lembrava dele como o bandido que se recorda da caverna em que se oculta da perseguição. Jekyll tinha mais do que um interesse paternal; Hyde tinha mais que uma indiferença filial. Unir-me, definitivamente, a Jekyll era morrer para aqueles apetites a que me havia entregado, longa e secretamente; e que, por fim, começara a descartar. Unir-me a Hyde, era morrer para milhares de interesses, aspirações e tornar-me de um golpe só, para sempre, desprezado e sem amigos. A barganha poderia parecer desigual, mas havia ainda uma outra consideração a ser julgada: pois, enquanto Jekyll sofreria, dolorosamente, os fogos da abstinência, Hyde não teria sequer a consciência daquilo que havia perdido. Por mais estranhas que fossem as minhas circunstâncias, os termos deste debate são tão velhos e ordinários como o próprio homem e muito das mesmas persuasões e alarmes seriam mortais para qualquer pecador, tentado e amedrontado; e, do mesmo modo, que acontece à vasta maioria dos meus semelhantes, escolhi a melhor parte, desejando ser capaz de me manter forte diante dela.

Sim, eu preferi o doutor, apesar de mais velho e descontente, cercado de amigos e cultivando esperanças honestas. Disse um resoluto adeus à liberdade, à juventude relativa, à marcha leve, aos impulsos repentinos e aos prazeres secretos, a tudo que havia desfrutado no disfarce de Hyde. Fiz esta escolha, talvez com alguma reserva inconsciente, pois nem desisti da casa, no Soho, nem destruí as roupas de Edward Hyde, que ainda mantenho, em meu gabinete. Por dois meses, entretanto, segui firme em minha determinação; por dois meses, concedi à minha vida tal severidade, como se nunca a tivesse tido antes, e desfrutei das compensações de uma consciência limpa. Mas, finalmente, o tempo começou a me fazer esquecer o frescor de minha inquietação. Os louvores de minha consciência começaram a crescer, como algo em curso; comecei a ser torturado com espasmos e desejos, como se Hyde lutasse

late begun to pamper. To cast it in with Hyde, was to die to a thousand interests and aspirations, and to become, at a blow and forever, despised and friendless. The bargain might appear unequal; but there was still another consideration in the scales; for while Jekyll would suffer smartingly in the fires of abstinence, Hyde would be not even conscious of all that he had lost. Strange as my circumstances were, the terms of this debate are as old and commonplace as man; much the same inducements and alarms cast the die for any tempted and trembling sinner; and it fell out with me, as it falls with so vast a majority of my fellows, that I chose the better part and was found wanting in the strength to keep to it.

Yes, I preferred the elderly and discontented doctor, surrounded by friends and cherishing honest hopes; and bade a resolute farewell to the liberty, the comparative youth, the light step, leaping impulses and secret pleasures, that I had enjoyed in the disguise of Hyde. I made this choice perhaps with some unconscious reservation, for I neither gave up the house in Soho, nor destroyed the clothes of Edward Hyde, which still lay ready in my cabinet. For two months, however, I was true to my determination; for two months, I led a life of such severity as I had never before attained to, and enjoyed the compensations of an approving conscience. But time began at last to obliterate the freshness of my alarm; the praises of conscience began to grow into a thing of course; I began to be tortured with throes and longings, as of Hyde struggling after freedom; and at last, in an hour of moral weakness, I once again compounded and swallowed the transforming draught.

I do not suppose that, when a drunkard reasons with himself upon his vice, he is once out of five hundred times affected by the dangers that he runs through his brutish, physical insensibility; neither had I, long as I had considered my position, made enough allowance for the complete moral insensibility and insensate readiness to evil, which were the leading characters of Edward Hyde. Yet it was by these that I was punished. My devil had been long caged, he came out roaring. I was conscious, even when I took the draught, of a more unbridled, a more furious propensity to ill. It must have been this, I suppose, that stirred in my soul that tempest of impatience with which I listened to the civilities of my unhappy victim; I declare, at least, before God, no man morally sane could have been guilty of that crime upon so pitiful a provocation; and that I struck in no more reasonable spirit than that in which a sick child may break a plaything. But I had voluntarily stripped myself of all those balancing instincts by which even the worst of us continues to walk with some degree of steadiness among temptations; and in my case, to be tempted, however slightly, was to fall.

Instantly the spirit of hell awoke in me and raged. With a transport of glee, I mauled the unresisting body, tasting delight from every

por sua liberdade; e por fim, em uma hora de fraqueza moral, uma vez mais misturei e ingeri a dose transformadora.

Não suponho que, quando o bêbado raciocina consigo mesmo sobre seu vício, se deixe convencer, uma vez, entre quinhentos dos perigos pelos quais conduz a sua brutal insensibilidade física; nem tinha eu, distante como estava de considerar minha posição, que fazer uma concessão à absoluta insensibilidade moral e a insensata permissividade, para com o mal que caracterizavam Edward Hyde. Ainda mais, por tudo pelo qual seria punido. Meu demônio, estando por muito tempo aprisionado, libertou-se com um rugido. Estava consciente, mesmo quando tomei a mistura, de uma propensão mais desordenada e furiosa para o mal. Deve ter sido isso, supus, que movimentava em minha alma aquela tempestade de impaciência com que escutei os cumprimentos da minha vítima infeliz; declarei, por fim, diante de Deus, que nenhum homem, moralmente são, poderia ser culpado daquele crime por uma tão insignificante provocação; e que o golpeei sem os mesmos motivos com que uma criança despedaça o seu brinquedo. Mas, voluntariamente, eu tinha me libertado de todos os instintos equilibrados, pelos quais o pior de nós continua a caminhar, com um certo grau de firmeza, diante das tentações; e, no meu caso, ser tentado, ainda que sutilmente, era o mesmo que cair.

Instantaneamente, o espírito do inferno despertou dentro de mim, enraivecido. Transportado pelo júbilo, espanquei o indefeso corpo, saboreando o prazer de cada golpe; e só quando o cansaço começou a me vencer que, repentinamente, me dei conta de que, no auge do meu delírio, meu coração foi trespassado por um calafrio de terror. A neblina se dissipava; vi minha vida ser perdida; e fugi daquela cena de excessos, ao mesmo tempo temeroso e glorioso, com minha sede pelo mal gratificada e estimulada, e com meu amor pela vida exacerbado, até aos mais altos limites. Corri para casa no Soho, e (para assegurar a segurança de meu outro eu) destruí todos os meus documentos; então, me lancei, novamente, às ruas iluminadas, com o mesmo êxtase mental dividido, fixado pelo crime cometido, planejando, mentalmente, outros, mesmo que fugindo e ouvindo em minha vigília os passos daqueles que buscavam vingança. Hyde tinha uma canção, nos lábios, enquanto misturava a poção e, assim que a ingeriu, brindou ao homem morto. As dores da transformação mal o tinham abandonado, e Henry Jekyll, com abundantes lágrimas de gratidão e remorso, caía de joelhos e elevava as mãos, entrelaçadas, a Deus. O véu da autoindulgência se rasgou, de alto a baixo. Vi minha vida como um todo: a acompanhei, desde os dias da infância, quando caminhava de mãos dadas com meu pai, e através dos esforços de autonegação de minha vida profissional, até chegar, por mais de uma vez, com o mesmo sentimento de irrealidade, aos malditos horrores da noite passada. Podia ter gritado; procurei com lágrimas e súplicas suavizar a multidão de sons e imagens detestáveis que minha memória lançava contra mim; mas, ainda assim, entre as súplicas, a face repugnante de minha iniquidade fitava, diretamente, em minha alma. Na medida em que a intensidade desse

blow; and it was not till weariness had begun to succeed, that I was suddenly, in the top fit of my delirium, struck through the heart by a cold thrill of terror. A mist dispersed; I saw my life to be forfeit; and fled from the scene of these excesses, at once glorying and trembling, my lust of evil gratified and stimulated, my love of life screwed to the topmost peg. I ran to the house in Soho, and (to make assurance doubly sure) destroyed my papers; thence I set out through the lamplit streets, in the same divided ecstasy of mind, gloating on my crime, light-headedly devising others in the future, and yet still hastening and still hearkening in my wake for the steps of the avenger. Hyde had a song upon his lips as he compounded the draught, and as he drank it, pledged the dead man. The pangs of transformation had not done tearing him, before Henry Jekyll, with streaming tears of gratitude and remorse, had fallen upon his knees and lifted his clasped hands to God. The veil of self-indulgence was rent from head to foot. I saw my life as a whole: I followed it up from the days of childhood, when I had walked with my father's hand, and through the self-denying toils of my professional life, to arrive again and again, with the same sense of unreality, at the damned horrors of the evening. I could have scre-amed aloud; I sought with tears and prayers to smother down the crowd of hideous images and sounds with which my memory swarmed against me; and still, between the petitions, the ugly face of my iniquity stared into my soul. As the acuteness of this remorse began to die away, it was succeeded by a sense of joy. The problem of my conduct was solved. Hyde was thenceforth impossible; whether I would or not, I was now confined to the better part of my existence; and O, how I rejoiced to think of it! with what willing humility I embraced anew the restrictions of natural life! with what sincere renunciation I locked the door by which I had so often gone and come, and ground the key under my heel!

The next day, came the news that the murder had been overlooked, that the guilt of Hyde was patent to the world, and that the victim was a man high in public estimation. It was not only a crime, it had been a tragic folly. I think I was glad to know it; I think I was glad to have my better impulses thus buttressed and guarded by the terrors of the scaffold. Jekyll was now my city of refuge; let but Hyde peep out an instant, and the hands of all men would be raised to take and slay him.

I resolved in my future conduct to redeem the past; and I can say with honesty that my resolve was fruitful of some good. You know yourself how earnestly, in the last months of the last year, I laboured to relieve suffering; you know that much was done for others, and that the days passed quietly, almost happily for myself. Nor can I truly say that I wearied of this beneficent and innocent life; I think instead that I daily

remorso começava a morrer, uma sensação de euforia a substituía. O problema de minha conduta estava solucionado. A partir de então, Hyde seria impossível; desejando ou não, eu estava confinado à melhor parte de minha existência; e, Oh! Como me regozijei com esse pensamento! Com que voluntária humildade abracei outra vez as restrições da vida natural! Com que sincera renúncia tranquei a porta pela qual, tantas vezes, entrava e saía, amassando a chave com os meus calcanhares!

No dia seguinte, recebi notícias de que o assassino tinha sido observado, que a culpa de Hyde era, agora, bem conhecida do mundo, e que a vítima era um homem de alta-estima pública. Não foi, somente, um crime. Tinha sido uma tolice trágica. Penso, hoje, que fiquei satisfeito de sabê-lo; penso, hoje, que fiquei satisfeito de ter os meus melhores impulsos, assim, reforçados e guardados pelos terrores do cadafalso. Jekyll era, agora, a minha cidade de refúgio; deixar Hyde escapar, apenas por um instante, significaria lançá-lo sob as mãos de todos os homens que se erguiam para apanhá-lo e massacrá-lo.

Resolvi que minha conduta, futura, redimiria o meu passado; e posso dizer, com honestidade, que minha resolução foi tomada de boa vontade. Eu mesmo sabia como nos últimos meses, do ano passado, eu trabalhei, honestamente, para aliviar o sofrimento; saiba que fiz muito pelos outros e que os dias passaram, tranquilamente, praticamente feliz, por minhas atitudes. Não posso dizer, honestamente, que me aborrecia com essa vida inocente e caridosa; em vez disso, acredito que desfrutava dela, a cada dia, mais completamente; mas, ainda assim, era amaldiçoado com minha dualidade de propósitos; e, assim que o primeiro impulso de penitência se consumiu, o lado mais baixo de mim mesmo, tanto tempo, à solta, tão recentemente encarcerado, começou a rosnar, para sair. Não que não houvesse sonhado ressuscitar Hyde; a mera idéia de realizar isso me leva ao frenesi: não foi minha própria pessoa que foi uma vez mais traída por minha própria consciência; e como um pecador, vulgar e secreto, sucumbi, diante dos assaltos da tentação.

Mas, tudo chega a um fim; mesmo o maior recipiente acaba por se encher; e essa breve condescendência, para com o mal, finalmente, destruiu o equilíbrio de minha alma. E, ainda assim, não me senti alarmado; a queda me parecia ser algo natural, como um retorno aos antigos dias, anteriores à minha descoberta. Era um belo e límpido dia de janeiro, sentia-se a umidade, derretendo sob os pés, mas, não havia uma única nuvem no céu. Regent's Park estava repleto dos gorjeios invernais e pelos doces aromas da primavera. Sentei-me em um banco, sob o sol; o animal que havia, em mim, ruía os ossos de minha memória. O lado espiritual, um pouco diminuído, prometia a penitência subsequente, mas, não fazia nenhum movimento, nesse sentido. Afinal, pensei que eu era como todos os meus vizinhos; e, então, sorri; comparando-me com outros homens, comparando a minha boa vontade ativa com a lenta crueldade da negligência deles. E, no preciso momento daquele pensamento pretensioso, fui tomado por uma horrível náusea e pelo mais mortal estremecimento. Isso passou, mas me deixou enfraquecido;

enjoyed it more completely; but I was still cursed with my duality of purpose; and as the first edge of my penitence wore off, the lower side of me, so long indulged, so recently chained down, began to growl for licence. Not that I dreamed of resuscitating Hyde; the bare idea of that would startle me to frenzy: no, it was in my own person that I was once more tempted to trifle with my conscience; and it was as an ordinary secret sinner that I at last fell before the assaults of temptation.

There comes an end to all things; the most capacious measure is filled at last; and this brief condescension to my evil finally destroyed the balance of my soul. And yet I was not alarmed; the fall seemed natural, like a return to the old days before I had made my discovery. It was a fine, clear, January day, wet under foot where the frost had melted, but cloudless overhead; and the Regent's Park was full of winter chirrupings and sweet with spring odours. I sat in the sun on a bench; the animal within me licking the chops of memory; the spiritual side a little drowsed, promising subsequent penitence, but not yet moved to begin. After all, I reflected, I was like my neighbours; and then I smiled, comparing myself with other men, comparing my active good-will with the lazy cruelty of their neglect. And at the very moment of that vainglorious thought, a qualm came over me, a horrid nausea and the most deadly shuddering.These passed away, and left me faint; and then as in its turn faintness subsided, I began to be aware of a change in the temper of my thoughts, a greater boldness, a contempt of danger, a solution of the bonds of obligation. I looked down; my clothes hung formlessly on my shrunken limbs; the hand that lay on my knee was corded and hairy. I was once more Edward Hyde. A moment before I had been safe of all men's respect, wealthy, beloved — the cloth laying for me in the dining-room at home; and now I was the common quarry of mankind, hunted, houseless, a known murderer, thrall to the gallows.

My reason wavered, but it did not fail me utterly. I have more than once observed that in my second character, my faculties seemed sharpened to a point and my spirits more tensely elastic; thus it came about that, where Jekyll perhaps might have succumbed, Hyde rose to the importance of the moment.My drugs were in one of the presses of my cabinet; how was I to reach them? That was the problem that (crushing my temples in my hands) I set myself to solve. The laboratory door I had closed. If I sought to enter by the house, my own servants would consign me to the gallows. I saw I must employ another hand, and thought of Lanyon. How was he to be reached? how persuaded? Supposing that I escaped capture in the streets, how was I to make my way into his presence? and how should I, an unknown and

quando a fraqueza começou a desaparecer, dei-me conta de uma mudança, no temperamento de meus pensamentos; um atrevimento volumoso, um desprezo pelo perigo, uma dissolução dos laços de juramento. Olhei, diretamente para mim, minhas roupas pendiam sem forma sobre os meus membros diminuídos; a mão, que repousava sobre o meu joelho, era nodosa e peluda. Mais uma vez, eu era Edward Hyde. Um instante antes, estava resguardado pelo respeito de todos os homens. Era rico, estimado, e a mesa estava posta, para mim, na sala de jantar de meu lar; e, agora, era o resto vulgar da humanidade, um perseguido, um sem-teto, um assassino conhecido, condenado ao cadafalso.

Minha razão vacilou, mas não me abandou, completamente, como antes. Já tinha observado que, quando em minha segunda personalidade, minhas faculdades pareciam mais apuradas e meu estado de espírito diluídos, de uma forma tensa; assim, descobriu-se que onde Jekyll, talvez, tivesse sucumbido, Hyde surgia, exatamente, para um momento de grande importância. Minhas drogas estavam fechadas em um dos armários de meu gabinete; como eu conseguiria pegá-las? Enquanto pressionava as têmporas com minhas mãos, pensava que aquele era um problema que eu mesmo tinha que resolver. A porta do laboratório estava fechada. Se tentasse entrar pela casa, minha própria criadagem me levaria para a forca. Percebi que deveria me valer da ajuda de outra pessoa e pensei em Lanyon. Como chegar até ele? Como persuadi-lo? Supondo-se que conseguisse escapar da captura, pelas ruas, como me dirigiria, diante de sua presença? E, como eu, um visitante desconhecido e indesejável, convenceria um famoso cientista a surrupiar o estudo de seu colega, Doutor Jekyll? Então, lembrei que de minha personalidade original, uma parte permanecia existindo dentro de mim: poderia escrever uma carta de próprio punho; e uma vez concebida tal idéia brilhante, o caminho que deveria seguir pareceu-me iluminado, do princípio ao fim.

Assim, ajeitei minhas roupas, da melhor forma que pude, e chamando uma carruagem que passava no momento, me dirigi a um hotel na Portland Street, cujo nome consegui me recordar. Minha aparência não fez com que o cocheiro conseguisse esconder seu riso (de fato, ela era cômica, embora esses andrajos cobrissem um destino trágico). Rangi meus dentes com um golpe de fúria demoníaca; e o sorriso desapareceu de sua face – felizmente, para ele e ainda mais para mim mesmo; pois, de outra maneira, eu, certamente, o teria lançado de sua posição. Ao entrar no hotel, olhei, à minha volta, com uma fisionomia tão negra, que os atendentes estremeceram; não trocaram um olhar sequer em minha presença, antes, obedeceram com submissão às minhas ordens; levaram-me para um quarto privado e trouxeram-me os recursos necessários, para escrever. Hyde era uma criatura nova para mim, ante ao perigo de vida; abalado com uma raiva desmesurada; decidido até ao limite do assassinato, desejoso de provocar dor. Ainda assim, a criatura era astuta; dominou sua fúria com uma grande força de vontade; escreveu suas duas importantes cartas, uma para Lanyon e outra para Poole; e, para ter a certeza, absoluta, de que haviam sido postadas,

displeasing visitor, prevail on the famous physician to rifle the study of his colleague, Dr. Jekyll? Then I remembered that of my original character, one part remained to me: I could write my own hand; and once I had conceived that kindling spark, the way that I must follow became lighted up from end to end.

Thereupon, I arranged my clothes as best I could, and summoning a passing hansom, drove to an hotel in Portland Street, the name of which I chanced to remember. At my appearance (which was indeed comical enough, however tragic a fate these garments covered) the driver could not conceal his mirth. I gnashed my teeth upon him with a gust of devilish fury; and the smile withered from his face—happily for him—yet more happily for myself, for in another instant I had certainly dragged him from his perch. At the inn, as I entered, I looked about me with so black a countenance as made the attendants tremble; not a look did they exchange in my presence; but obsequiously took my orders, led me to a private room, and brought me wherewithal to write. Hyde in danger of his life was a creature new to me; shaken with inordinate anger, strung to the pitch of murder, lusting to inflict pain. Yet the creature was astute; mastered his fury with a great effort of the will; composed his two important letters, one to Lanyon and one to Poole; and that he might receive actual evidence of their being posted, sent them out with directions that they should be registered. Thenceforward, he sat all day over the fire in the private room, gnawing his nails; there he dined, sitting alone with his fears, the waiter visibly quailing before his eye; and thence, when the night was fully come, he set forth in the corner of a closed cab, and was driven to and fro about the streets of the city. He, I say—I cannot say, I. That child of Hell had nothing human; nothing lived in him but fear and hatred. And when at last, thinking the driver had begun to grow suspicious, he discharged the cab and ventured on foot, attired in his misfitting clothes, an object marked out for observation, into the midst of the nocturnal passengers, these two base passions raged within him like a tempest. He walked fast, hunted by his fears, chattering to himself, skulking through the less frequented thoroughfares, counting the minutes that still divided him from midnight. Once a woman spoke to him, offering, I think, a box of lights. He smote her in the face, and she fled.

When I came to myself at Lanyon's, the horror of my old friend perhaps affected me somewhat: I do not know; it was at least but a drop in the sea to the abhorrence with which I looked back upon these hours. A change had come over me. It was no longer the fear of the gallows, it was the horror of being Hyde that racked me. I received Lanyon's condemnation partly in a dream; it was partly in a dream that I came

deixou orientação, para que fossem registradas. A partir de então, ele se sentou todos os dias, diante da lareira de seu quarto, roendo as unhas; lá, ele jantou, sentando-se apenas com seus temores, enquanto o camareiro se mostrava, visivelmente, amedrontado. E, assim que a noite chegou, escondeu-se em um canto de uma carruagem fechada e perambulou, sem direção, pelas ruas da cidade. "Ele", eu digo, pois não posso dizer "Eu". Aquela cria do inferno não tinha nada de humano; nada vivia nele, além do ódio e do medo. E quando, por fim, acreditando que as suspeitas do cocheiro começavam a aumentar, dispensou a carruagem e se aventurou, a pé, envergando suas roupas, mal ajustadas, sendo objeto de atenção de todos os transeuntes noturnos; enfurecendo-se, em seu íntimo, como uma tempestade. Caminhava depressa, caçado por seus próprios temores, falando sozinho, vagando pelas ruas menos movimentadas, contando os minutos que ainda o separavam da meia-noite. Uma mulher lhe dirigiu a palavra, oferecendo, penso eu, uma caixa de fósforos. Ele a esbofeteou no rosto, e a mulher fugiu.

Quando eu voltei a mim, na residência de Lanyon, de algum modo, o horror de meu velho companheiro me afetou, talvez: eu não sabia; não era nada mais do que uma gota no mar da aversão, com a qual veja, agora, essas horas. Uma mudança se operou em mim. Não era mais o medo do patíbulo, era o horror de ser Hyde que me afligia. Recebi a condenação de Lanyon, como em um sonho; como em um sonho regressei para minha casa e fui para cama. Após a prostração daquele dia, dormi um sono, tão profundo e limitado, que nem mesmo os pesadelos que me pressionavam puderam interrompê-lo. Despertei pela manhã, abalado, enfraquecido, mas revigorado. Ainda odiava e temia a imagem do animal violento, que dormia dentro de mim e, certamente, não havia esquecido os espantosos perigos do dia anterior; mas, uma vez mais, repousava em meu lar, em minha própria casa e próximo de minhas drogas; e a gratidão por minha fuga brilhava tão forte em minha alma que quase rivalizava com o esplendor da esperança.

Estava caminhando, despreocupadamente, pelo pátio após o café-da-manhã, sorvendo o frescor do ar com prazer, quando me deparei, novamente, com aquelas sensações indescritíveis que prenunciam a mudança; tinha tempo, suficiente, para chegar à segurança de meu gabinete, antes de me sentir, novamente, enfurecido e regelado pelas paixões de Hyde. Nessa ocasião, tomei uma dose dupla para trazer-me de volta a mim; e, ai de mim, seis horas depois, quando estava sentado, admirando, languidamente, o fogo da lareira, os sofrimentos retornaram e tive de administrar, novamente, a droga. Em resumo, daquele dia em diante, foi apenas graças a um grande esforço tal qual de um ginasta e, somente sob o estímulo imediato da droga, pude conservar o semblante de Jekyll. Todas as horas do dia e da noite, era tomado por aqueles calafrios premonitórios; sobretudo, se dormia ou, mesmo, se cochilava, por um instante, em minha cadeira. Era, sempre, com a aparência de Hyde que despertava. Sob a tensão desta condenação, constante, e da insônia a que eu próprio, agora, me condenava e que estava, além de

home to my own house and got into bed. I slept after the prostration of the day, with a stringent and profound slumber which not even the nightmares that wrung me could avail to break. I awoke in the morning shaken, weakened, but refreshed. I still hated and feared the thought of the brute that slept within me, and I had not of course forgotten the appalling dangers of the day before; but I was once more at home, in my own house and close to my drugs; and gratitude for my escape shone so strong in my soul that it almost rivalled the brightness of hope.

I was stepping leisurely across the court after breakfast, drinking the chill of the air with pleasure, when I was seized again with those indescribable sensations that heralded the change; and I had but the time to gain the shelter of my cabinet, before I was once again raging and freezing with the passions of Hyde. It took on this occasion a double dose to recall me to myself; and alas! six hours after, as I sat looking sadly in the fire, the pangs returned, and the drug had to be re-administered. In short, from that day forth it seemed only by a great effort as of gymnastics, and only under the immediate stimulation of the drug, that I was able to wear the countenance of Jekyll. At all hours of the day and night, I would be taken with the remonitory shudder; above all, if I slept, or even dozed for a moment in my chair, it was always as Hyde that I awakened. Under the strain of this continually impending doom and by the sleeplessness to which I now condemned myself, ay, even beyond what I had thought possible to man, I became, in my own person, a creature eaten up and emptied by fever, languidly weak both in body and mind, and solely occupied by one thought: the horror of my other self. But when I slept, or when the virtue of the medicine wore off, I would leap almost without transition (for the pangs of transformation grew daily less marked) into the possession of a fancy brimming with images of terror, a soul boiling with causeless hatreds, and a body that seemed not strong enough to contain the raging energies of life. The powers of Hyde seemed to have grown with the sickliness of Jekyll. And certainly the hate that now divided them was equal on each side. With Jekyll, it was a thing of vital instinct. He had now seen the full deformity of that creature that shared with him some of the phenomena of consciousness, and was co-heir with him to death: and beyond these links of community, which in themselves made the most poignant part of his distress, he thought of Hyde, for all his energy of life, as of something not only hellish but inorganic. This was the shocking thing; that the slime of the pit seemed to utter cries and voices; that the amorphous dust gesticulated and sinned; that what was dead, and had no shape, should usurp the offices of life. And this again, that that insurgent horror was knit to him closer than a wife, closer than an eye; lay caged in his flesh, where he heard it mutter and felt it struggle to be born; and

tudo quanto pensava possível, para um ser humano, pois me converti, por meus meios, em uma criatura consumida e esvaziada pela febre, pela debilidade lânguida, tanto do corpo quanto da mente; e somente tomada por um único pensamento: o horror do meu outro eu. Mas, quando dormia ou quando a virtude do medicamento desaparecia, voltava, quase sem transição (pois as dores da transformação eram, a cada dia, menos notáveis), a ser prisioneiro de um pesadelo, carregado de imagens de terror; de uma alma que se agitava, com ódios, sem fundamentos e de um corpo que não parecia ser forte, o suficiente, para conter as energias enfurecidas da vida. Os poderes de Hyde pareciam ter aumentado, devido à enfermidade de Jekyll. E, certamente, o ódio que agora os dividia era igual, em ambas as partes. Com Jekyll, era algo de um instinto vital. Ele via, agora, a completa deformidade daquela criatura que compartilhava, consigo, alguns dos fenômenos da consciência e seria co-herdeira, com ele, da morte; e, além desses vínculos de comunhão que, por si, eram a parte mais patética de sua desgraça, considerava Hyde, por toda sua energia vital, como algo não só satânico, mas inorgânico. Isso era algo chocante; que a lama dessa fossa parecesse emitir gritos e vozes; que a poeira amorfa gesticulasse e pecasse; que o que estava morto, e não possuía forma, usurpasse as funções da vida. E novamente o horror se aproximava dele mais insurgente, tão íntimo quanto uma esposa, mais que os seus próprios olhos; encarcerado em sua própria carne, onde o ouvia gemer e lutar com esforço para nascer; e, em cada hora de fraqueza, na confiança do sono, prevalecia sobre ele, despojando-o da vida. O ódio de Hyde por Jekyll era agora diferente. Seu medo do patíbulo levava-o continuamente a cometer um suicídio temporário, e a retornar a seu posto subordinado de uma de suas partes; mas ele detestava a necessidade, ele detestava o desânimo no qual Jekyll se lançara e se ressentia do desprezo com o qual ele era observado. Daí, os truques simiescos nos quais me lançava, escrevendo, com meu próprio punho, blasfêmias sobre as páginas de meus livros, queimando-as e destruindo o retrato de meu pai; e, de fato, por não temer a morte, ele, por muito tempo, procurou a sua própria ruína, com o intuito de me envolver nela, também. Mas, o seu amor, por mim, é maravilhoso; e irei mais longe: eu, que adoeço e regelo, ao mero pensamento da existência dele, quando me recordo da humilhação e aborrecimento desta ligação, e quando me dou conta do quanto ele teme o meu poder de eliminá-lo pelo suicídio; eu sinto grande pena dele, com toda a sinceridade.

É inútil prolongar esta descrição e o tempo, excessivamente, me conduz à derrota; ninguém nunca sofreu tais tormentos, basta apenas dizer isso; e, ainda assim, o hábito deste sofrimento conduz – e isso não é uma mitigação, a uma certa crueldade da alma, uma certa aquiescência do desespero; e minha punição pode se prolongar, por anos, se não fosse esta última calamidade que, agora, repousa sobre mim e que, finalmente, despojou-me do meu próprio rosto e natureza. Minhas reservas do ingrediente da poção, uma vez que nunca as renovei, desde a data do primeiro experimento, começam a diminuir. Procurei por um suprimento novo e

at every hour of weakness, and in the confidence of slumber, prevailed against him, and deposed him out of life. The hatred of Hyde for Jekyll was of a different order. His terror of the gallows drove him continually to commit temporary suicide, and return to his subordinate station of a part instead of a person; but he loathed the necessity, he loathed the despondency into which Jekyll was now fallen, and he resented the dislike with which he was himself regarded. Hence the ape-like tricks that he would play me, scrawling in my own hand blasphemies on the pages of my books, burning the letters and destroying the portrait of my father; and indeed, had it not been for his fear of death, he would long ago have ruined himself in order to involve me in the ruin. But his love of me is wonderful; I go further: I, who sicken and freeze at the mere thought of him, when I recall the abjection and passion of this attachment, and when I know how he fears my power to cut him off by suicide, I find it in my heart to pity him.

It is useless, and the time awfully fails me, to prolong this description; no one has ever suffered such torments, let that suffice; and yet even to these, habit brought—no, not alleviation— but a certain callousness of soul, a certain acquiescence of despair; and my punishment might have gone on for years, but for the last calamity which has now fallen, and which has finally severed me from my own face and nature. My provision of the salt, which had never been renewed since the date of the first experiment, began to run low. I sent out for a fresh supply and mixed the draught; the ebullition followed, and the first change of colour, not the second; I drank it and it was without efficiency. You will learn from Poole how I have had London ransacked; it was in vain; and I am now persuaded that my first supply was impure, and that it was that unknown impurity which lent efficacy to the draught.

About a week has passed, and I am now finishing this statement under the influence of the last of the old powders. This, then, is the last time, short of a miracle, that Henry Jekyll can think his own thoughts or see his own face (now how sadly altered!) in the glass. Nor must I delay too long to bring my writing to an end; for if my narrative has hitherto escaped destruction, it has been by a combination of great prudence and great good luck. Should the throes of change take me in the act of writing it, Hyde will tear it in pieces; but if some time shall have elapsed after I have laid it by, his wonderful selfishness and circumscrip-tion to the moment will probably save it once again from the action of his ape-like spite. And indeed the doom that is closing on us both has already changed and crushed him. Half an hour from now, when I shall again and forever reindue that hated personality, I know how I shall sit shuddering and weeping in my chair, or continue, with the most strained and fearstruck ecstasy of listening, to pace up

refiz a mistura; a ebulição ocorreu, tal qual a primeira mudança de cor, mas não a segunda; eu a bebi, mas nada ocorreu. Você saberá, por meio de Poole, como percorri Londres à procura; mas, foi em vão; agora, estou convencido de que minha primeira remessa era impura e de que foi aquela impureza desconhecida que proporcionou a eficiência à poção.

Aproximadamente, uma semana se passou, e agora estou terminando esta declaração sobre a influência das últimas parcelas dos sais. Deste modo, esta é a última vez, exceto por um milagre, que Henry Jekyll poderá expressar os seus próprios pensamentos ou ver o seu próprio rosto no espelho (agora, tão tristemente, modificado!). Não devo me deter muito para terminar este meu manuscrito; pois, se minha narrativa, até esse momento, escapou da destruição, tem sido mais por uma combinação de grande prudência e de boa sorte. Se os espasmos da transformação me assaltassem, no ato de escrever esta carta, Hyde a faria em pedaços; mas, se algum tempo sobrevier após eu tê-la terminado, seu maravilhoso egoísmo e circunscrição, provavelmente, o salvará, mais uma vez, da ação de seu comportamento simiesco. De fato, a perdição que se lança, sobre nós, já o alterou e o oprimiu. Daqui a meia hora, a partir de agora, quando me dirigir mais uma vez, e, permanentemente, àquela personalidade odiosa, sei que me sentarei em minha cadeira, estremecido e chorando. Continuarei atacado por um êxtase de tensão e terror e atento a qualquer coisa que venha a ouvir, percorrendo este quarto de um lado para o outro (meu último refúgio na terra). Hyde subirá a um cadafalso? Ou ele encontrará

114

coragem de se revelar, por fim, em seu último momento? Só Deus sabe; sou por demais negligente. Esta é minha verdadeira hora da morte, e o que se seguir concerne apenas ao outro eu. Então, neste momento, assim que baixar minha pena e lacrar minha confissão, levo aquele infeliz Henry Jekyll ao término de sua vida.

and down this room (my last earthly refuge) and give ear to every sound of menace. Will Hyde die upon the scaffold? or will he find courage to release himself at the last moment? God knows; I am careless; this is my true hour of death, and what is to follow concerns another than myself. Here then, as I lay down the pen and proceed to seal up my confession, I bring the life of that unhappy Henry Jekyll to an end.

Robert Louis Balfour Stevenson

(13 de novembro de 1850 – 3 de dezembro de 1894)

BREVES NOTAS BIOGRÁFICAS

Robert Louis Balfour Stevenson nasceu dia 13 de novembro de 1850 em Edimburgo, Escócia. Sua obra mais conhecida é o clássico escrito em 1886 "O Estranho Caso do Doutor Jekyll e do Senhor Hyde", também conhecido como "O Médico e o Monstro", que tornou-se um dos clássicos mais adaptados para o cinema, teatro e televisão. Além de Jekyll e Hyde, Stevenson escreveu também outros títulos de peso, como "A Ilha do Tesouro", "Capitão Coragem" e "As Aventuras de David Balfour", também traduzido como "Raptado", todos ambientados no Reino Unido e cercados de aventura, reflexo também de sua vida, durante incessantes viagens pela Europa e Estados Unidos.

Filho de engenheiro, Stevenson ingressou na faculdade de engenharia de Edimburgo, em 1866, migrou para o curso de direito e formou-se advogado, sem nunca exercer a profissão. O autor se dedicou ao Edimburgh University Magazine, revelando assim ao meio acadêmico seu talento para a literatura.

Logo após concluir seus estudos, o autor mudou-se para Londres, Inglaterra, onde passou a freqüentar salões literários e decidiu partir para viagens pela Europa e Estados Unidos, onde posteriormente, em 1880, casou-se com a norte-americana Fanny Osbourne, que há pouco havia se separado. O casal teve que enfrentar o conservadorismo puritano de sua família quando Stevenson retornou a Escócia junto à esposa e seus dois enteados, um deles chamado Lloyd, a quem o autor dedica "A Ilha do Tesouro".

Pode-se afirmar que um dos motivos de tantas viagens, além do espírito aventureiro que gerou diversos roteiros e relatos, era o estado de saúde de Stevenson, um quadro bastante crítico – o autor sofria de tuberculose crônica e buscava tratamentos e clima ameno para sua reabilitação clínica.
Em 1888, após a morte de seu pai, o autor junto a sua família decidiu partir para uma aventura pelos arquipélagos do Pacífico Sul, onde se fixou definitivamente nas Ilhas Samoa. Carinhosamente, Stevenson foi apelidado de Tusitala (contador de histórias) pelos nativos da ilha.

Morreu em 3 de dezembro de 1894, aos 44 anos, vitima de uma hemorragia cerebral.

Após sua morte, Fanny, até então viúva, conhece Ned Field, desenhista, dramaturgo e roteirista de Hollywood, por quem se apaixona. A diferença de idade, ela com 63 anos e ele com apenas 23, não foi motivo para que o casal não vivesse mais de uma década juntos; a separação ocorreu em 1914, quando Fanny morre aos 74 anos.

Robert Stevenson possui um acervo no Writer's Museum em sua terra natal, a capital escocesa Edimburgo. As obras do genial autor influenciam até hoje produções artísticas de todos os ramos, sejam elas adeptas ao espírito aventureiro que cercou a vida de Stevenson, a dualidade de Jekyll e Hyde ou o estereótipo do pirata, com perna-de-pau e papagaio no ombro, que alimenta a imaginação infantil e adulta criada na fantástica "Ilha do Tesouro".

Stevenson foi uma celebridade enquanto vivia, mas com o surgimento da literatura moderna, notadamente após a Primeira Guerra Mundial, ele foi visto ao longo do século 20 como um escritor de segunda classe, relegado aos gêneros da literatura infantil e de terror. Condenado por autores como Virginia e Leonard Woolf, ele foi gradualmente excluído do cânone da literatura ocidental nas escolas, chegando ao ponto de não ser sequer mencionado na edição do Oxford Anthology of English Literature, em sua edição de 1973, e não constando das primeiras sete edições do Norton Anthology of English Literature, entre 1968 e 2000.

O final do século 20 viu uma gradual reavaliação do papel de Stevenson como um escritor de grande importância e visão, um teórico da literatura, um ensaísta e um crítico social, além de ser encarado como testemunha da história colonial das ilhas do Pacífico Sul. Hoje é encarado como um antecessor de Joseph Conrad (que foi influenciado por Stevenson com seus romances passados nos mares do Sul) e Henry James, que realizou amplos estudos acadêmicos sobre a obra de Stevenson.

Não restringindo-se à análise acadêmica, Stevenson permanece popular por todo o mundo, sendo um dos autores mais lidos e traduzidos em todas as línguas, segundo o Índex Translationum, organizado pela UNESCO, a frente de Oscar Wilde, Charles Dickens e Edgard Allan Poe.

GRANDES CLÁSSICOS EM EDIÇÕES BILÍNGÜES

PERSUASÃO
Jane Austen
Inglês / Português

**O MORRO DOS VENTOS
UIVANTES**
Emily Brontë
Inglês / Português

**UMA DEFESA DA
POESIA**
Percy Shelley
Inglês / Português

**ORGULHO E
PRECONCEITO**
Jane Austen
Inglês / Português

A DIVINA COMÉDIA
Dante Alighieri
Italiano / Português

**OS SONETOS
COMPLETOS**
William Shakespeare
Inglês / Português

MEDITAÇÕES
John Donne
Inglês / Português

O ÚLTIMO HOMEM
Mary Shelley
Inglês / Português

**O HOMEM QUE
QUERIA SER REI**
Rudyard Kipling
Inglês / Português

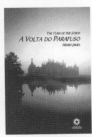

**A VOLTA DO
PARAFUSO**
Henry James
Inglês / Português

**AS CRÔNICAS DO
BRASIL**
Rudyard Kipling
Inglês / Português

CONTOS COMPLETOS
Oscar Wilde
Inglês / Português